日々、実験中。そして、「すごくなくていい」。

つれづれノート㊼

銀色夏生

JN167237

日々、実験中。そして、「すごくなくていい」。

つれづれノート㊼

2024年8月1日(木)
〜
2025年1月31日(金)

8月
愛

8月1日（木）

人々は物事を大げさにとらえすぎている。心ここにあらずだし。


暑い夏。

帰省していたサクが昨日、釣りして指宿《いぶすき》にでも泊まってこようかなと出て行ったけど、釣りしてたらぼーっとしてきて熱中症になりそうだったからと夜になって帰ってきた。一緒にオリンピックを見る。柔道など。


王位戦第3局はものすごい熱戦だった。

最終的に藤井《ふじい》王位が勝ったけど挑戦者の渡辺《わたなべ》九段が途中まで優勢で、「なんでいつもこうなっちゃうんだろう」と首をかしげていたのが、なんか感じがよかった。

素晴らしい対局だったとみんなが言っていた。


サクにこれからの計画を話す。

「この家にまだまだたくさんある本、食器類、服なんかを、時間をかけて使い倒して、徹底的に整理して、どんどん物を少なく、暮らしやすくしようと思う」

「うん」

だんだんシンプルに。

最終的には本当に必要なもの、好きなものだけがまわりにあることになる。便利で、大好きで、暮らしやすい環境を作りあげたい。

そういうことが結局、死を恐れない環境作りにもなると思う。未整理なことがあると心が落ち着かないから。

8月2日（金）

今日も暑い。

最近の私の体感では7月下旬から8月初めの1週間が1年で一番暑い。なので今を乗り切ろう！　という感じ。

サクがゆっくり起きてきて、今日は山に登ろうかな…と言う。

市房山《いちふさやま》を勧めたけど、これから登るとしたら午後になる。結局、えびの高原の韓国《からくに》岳《だけ》に決めていた。登ったことないからって。

私は家で仕事。

あと、ブルーベリーのチョコがけを作ろう。

昼間、サクに教えてもらった映画「aftersun／アフターサン」を見る。とても雰囲気のある映画で、最初から引き込まれる。うーん。いろいろと深読みできそう。

山に登ったあと、温泉に入って、人吉市《ひとよし》に行ったとかで暗くなって帰ってきた。ズッキーニとアンチョビのスパゲティを作って、オリンピックを見る。

8月3日（土）

サクを空港まで送る。その前にお昼（お寿司《すし》）を食べる予定。行く途中、このあいだのうなぎ屋さんと同じ会社の川魚専門店に寄る。ここの鯉の洗いがおいしいと評判だったのです。

ついでにお刺身と鮎《あゆ》の塩焼きなども買った。クーラーボックスに氷を入れてきたのでお刺身はその中に。

駐車場で、その鯉の洗いがどんな味かすごく気になったので1枚、酢味噌《すみそ》をつけてパクッと食べてみた。

「どう?」

「うん。うまいよ」とサク。

「臭みはないね。でもなんか土っぽいような…。このあいだのうなぎの味と似てる。でもこれが淡水魚の味なのかも」


予約していたお寿司屋さんへ。他に誰もいなかった。

カウンターで握りを食べる。あまり入らないというまぐろの目の裏とか、磯の香りのするウニなどが出てきた。わりとおいしかったのでまた来たい。

それから前にも行ったことのある小浜《おばま》海水浴場へ。灼熱《しゃくねつ》の中、砂浜に向かう。

泳いでいる人はとても少ない。暑すぎるのかもなあ。

サンダルを脱いで海に入ったら、海水が温泉のように熱い。

「熱い〜」とふたりで驚く。

しばらく進んでもまだ熱い。膝《ひざ》くらいまで進むとどうにか少しぬるくなった。前に行った南の島を思い出した。モルジブだったか、夕方になっても海水がぬるかった。

正面に桜島《さくらじま》が見えて、空は真っ青。

景色がとてもきれい。

それから近くの雑貨屋さんへ。近くに何かないかなと探して見つけたお店。

海沿いの小さな小屋。

看板がなくて、「ここかな?」とのれんを分けて覗《のぞ》いてみたら、そうみたい。

手作り風の素朴な棚には手づくりの石鹸《せっけん》やインドのかごなど、感じよく並べられていた。インドのガーゼで作ったという服が気になり、何度も見る。

店主の女性に「どちらからですか?」と聞かれたので、「えびのからです」と答えたら、えっと驚いていた。

「最近、何度もえびのに行ったんですよ。なぜか用事ができて。いいところですよね～。高原とか、湧き水の出る池とかあって」

「ああ～。そうですか? それはうれしいけど静かで何もないようなところですよ」

そしてポツポツ話す。

「今、ひとりになって、100パーセント自分の好きなように生きるとどうなるかの実験をしているところなんです」と私。

「へえ～。実験っていうところがいいですね」

「ひとりじゃないとできないから。家族がいると責任があるので」

「そうですよね～」

「うーん。このガーゼの服が欲しいけど、今ガーゼ服をたくさん持ってるから…。それを使い終わったらぜひ買いに来たいです」

「はい。えびのに行ったら偶然会えるかもしれませんね」

「じゃあ私も顔を覚えておこう」と、その方のお顔を一瞬、しっかりと見た。

かごも買いたいけど衝動買いはやめて、やっぱりほしい、と思ったらまた来よう。

いいお店だった。

それから龍門滝《りゅうもんだき》というところに寄ってちょろっと滝を見てから空港へ。

サクを降ろし、のどが渇いていた私は、帰る途中にある果物屋さんでフレッシュジュースを飲もうと決めて、楽しみにそこへ向かう。

ちょっと人が並んでいたけど、私の番が来て、スイカジュースとももジュースを注文した。大きなももを1個とってきて皮をむいて作ってくれてる。

スイカジュースが先に出てきたのですぐにその場で飲んで、ももジュースは車の中で走りながら少しずつ飲む。あー、おいしい。

家に帰って、ゆっくりする。

そしてひさしぶりに温泉へ。

人が少なくて、しばらくひとりだった。ゆったりと温泉と水風呂《みずぶろ》に浸《つ》かる。

あー、リラックス。

帰り、受付にクマコがいたので、「あら？　やめるって聞いたけど」。

「やめるよ。今じゃないけど。段取りってものがあるでしょ」


鮎の塩焼き、とってもおいしかった。


そういえば、おとといあたりからグレイヘアにしてみようかな…と思い始めた。

白髪染めをやめたらどうなるか見てみたい。

どうせ人にも会わないし、やりやすい。

やってみようかな。やってみてからどうするか決めよう。


それからやはりおとといあたりから、なぜか幸福感がある。なぜだろうか。

だれかが8月1日から世界線が大きく変わったとか言ってて、なんとなくそのことが妙に心にとまった。

私も今までのルートからピョンと飛び上がって、今までと違う道に移ったような気がしてる。気のせいかもしれないけどそういう気がする。

すごく安定していて、気持ちのいい、幸福な感じがずっとしている。

8月4日（日）

暑いので家にいる。
庭に出ると、灼熱サウナ状態。
夕方、温泉。夜はオリンピック。この繰り返し。

8月5日（月）

午前中、歯医者でクリーニングの続き。
終わって、買い物。そしてまた家の中。そして温泉。そしてオリンピック。

8月6日（火）

今日もいつもと同じ流れ＋読書。
自分らしく生きようと思い始めた時に出てくる最初の敵は一番近くにいる人。

8月7日（水）

しばらくのんびりとして平和だったのにひさしぶりに悲しいことが！

早朝、畑に出て草刈りをした。たまにはしないと、と思って。

最初に草刈り機で通路をブーッと刈って、次にのこぎり鎌で野菜のまわりを整理する。

だいたいやり終えて、最後にズッキーニのまわりをやった。よし、もう終えようと思い、今やったところを振り返る。1本のズッキーニの根元に気になった草が目に入った。最後、ここ刈ろう、と思い、草を鎌でグサグサッと刈ったら、なんと、一緒にズッキーニの茎もスパッと切ってしまった。

ああ！　いちばん大きく育ってた株だったのに。

ショック…。

この夏は野菜がうまく育たなくて、ときどきしか収穫物がない。その中でありがたい存在だったのに。4本あって今まで実が2個できていた。

ガックリ…。

悲しい気持ちで家に戻る。しょうがない。今度から気をつけよう。

シャワーを浴びて、洗濯、朝食。

今日も快晴。

あーあ。

買い物に行こうかなあ…。お米が切れてたから。

で、ふれあい市場に行って白米3キロと玄米2キロ、お豆腐などを買う。

野菜も何か…、でもなあ買うのはあまり気が進まないなあ。ひと袋の量が多いし、知らない人が作ってるし…。で、ふとピンちゃんを思い出した。

「今、畑になにかもらえる野菜ある?」とラインで聞いたら、「オクラとピーマンがあるよ。日照りでトマトやナスはいまいち」と。

で、酷暑の中、1時すぎ、さっそくもらいに行く。

トコトコと車を走らせる。

ピンちゃんちはうちより少し標高が高いところにある。いつもと違う山の中を通るルートで行こう。

着いた。ピンポーンと押して、前の庭を見ながら待つ。出てこない。変だなあ。もう一度押した。出てこない。

もしかして倒れてるのかな。あわてて車に戻って携帯から電話すると、出た。

「どこにいるの?　もう着いてるけど」

「あら。裏の畑にいるよ」

なんだ、よかった。いつものルートだとそこから車が来るのが見えるから道路を気にしながら待ってたんだって。いつもと違う行動をとると、このようなことがよくあるよね。

で、ピーマンとオクラをもらった。小さなゴーヤとトマト2個も。とてもうれしい。暑いけど風が通る日陰でしばらく話す。

自家製梅シロップジュースを出してくれた。すごくおいしかった。

ピンちゃんの旦那《だんな》さんの霊感くんは実家の田んぼでお米作りをしていて、それがすごく楽しいのだそう。草刈り機も何台もあった。機械がどんどん増えていくんだって。わかるわ。

そこへ霊感くんが帰ってきたのでちょっと話す。

「お米は売ってないの？」と聞いたら、売ってるって。今年から兄が米作りをやめたからぜひ売ってほしいとお願いしたら、いいよって。

わーい。うれしい。とりあえず籾《もみ》で60キロ予約する。

ピンちゃんによると、とても丁寧に作っているそう。熱心に楽しんで作っていて、「いろいろ実験してみたい」とも言ってた。

コクゾウムシの話をしたら、霊感くんお手製のひのきで作った籾収納箱を見せてくれた。ちゃんと扉もついている。ひのきだと虫が寄り付かないのだそう。

へー。私も作ろうかな。ただの四角い箱ならつくれそう。

「今度は家の中に保存しようと思ってるの。物置小屋は暑すぎるから」

それからイヌマキの害虫の話。

ピンちゃんちにも門のところにイヌマキの大きな木があって、今年、大発生したんだって。薬を買ってきて、完全武装して撒《ま》いたら、一瞬で虫が死んで、スーッと糸を垂らして落ちてきたって。きゃあ〜。

梅シロップまでお土産にもらって、うれしかった。


アーティスティックスイミングを見る。

足技。以前は両つま先を伸ばしていたけど、今は片方をかかとから直角に曲げるのが流行《はや》ってるんだ。


温泉に行ったら人がいなくて、お湯につかってのんびり。足を伸ばしてさっきの片方かかとをまげてくるくるを水中でやってみる。

夜。籾保存用のひのきの箱をいろいろ探す。ちょうどいいのがないけど…。
これだったらまあいいかなというのがひとつあった。けど、自分で作ってもいいかなとも、ちょっと思った。籾が届いてから考えよう。

8月8日（木）

今日も暑い。

日陰でチョキチョキ、前に切ったイヌマキの枝葉を細かくする作業をしていたら、ブーッとトラックが止まった音。

あ、今日は注文していたオホーツクの海産物が届く日だ。

そうだった。冷凍の箱を開けると、いくら、たらこ、一夜干し、ホタテ、煮たこ足、のりの佃煮《つくだに》が入っていた。たこの足がすごく大きい。こんなに大きかったんだ。量ったら1・2キロもある。こんなに食べられないわ…。

ピンちゃんや水玉さんに分けようか。私の腕くらいの大きさなので解凍しないと切ることもできない。


基本的に生活費があまりかからないので、ほしいものを見つけた時は迷いなく手に入れる。食べてみたい食べ物、飲み物、ガーゼ服など、これは！ と心に響いたもの。ほしいものにはケチらない。

たこが解凍できたので切って、4時すぎにピンちゃんちにサッと持って行く。ヒラメと姫ほっけの一夜干し、栗で作った地ビール「栗黒《くりくろ》」も。

帰りにホームセンターに寄ってひのきの板を探す。細い板はあるけど平べったい板はなかった。


家に戻って温泉に行こうかなと思っていたら、そこに地震！

ゆ〜らゆ〜らと揺れている。どうしよう。テーブルをつかんで、きょろきょろする。やけに長い。これはついに南海《なんかい》トラフが来たか？　と途中、思った。

ゆれが収まって、すぐにスマホとテレビをつけた。震源地は日向灘《ひゅうがなだ》。震度6弱。このあたりの震度は4だった。

どうしようかなと思ったけど、温泉へ。

浴場に入ったら水玉さんが髪の毛を洗っていて、奥には笑いさんがいた。

「どこにいた？　どうだった？」と聞いたら、水風呂《みずぶろ》に入っていて、最初めまいかなと思ったら、天井から下がってる金属の棒がゆらゆらゆれてて、次に水風呂の水が津波のように飛び出してきたそう。怖かったって。

笑いさんは車を運転していたそうで、電線がすごくゆれていたって。

ひとしきり地震の話。

しばらくは余震に気をつけよう。というか南海トラフが来るかも。

報道が広くなされたので数年ぶりの知り合いからも安否確認が来た。

8月9日（金）

仕事部屋の棚を見たら、あれ？　絵が落ちてる。やっぱり地震の影響があったんだ。バリ島で買った絵。顔がトカゲに似ているやつ。手前に飾っていたポストカードや小物も落ちていた。

そうか〜と思い、台所に移動して棚を眺める。

窓際にズラリと切り子などの好きなコップを並べているけど、これらは危険だわ。コップを集めて棚にしまう。

普段使いのコップはまだこのままでいいか。

郵便局の通帳。何年も使っていないので解約しよう。どんどん整理したい。空《す》いた郵便局で係りのおじさんが丁寧に解約してくれた。入っていたお金を封筒に入れて帰る。またひとつ、さっぱりした。

温泉に行って、オリンピックを見る。

8月10日（土）

今日も暑い。

家の中にじっとしている。たまに庭に出たり畑を見たり。すぐに汗びっしょりになる。

ふう。

読書の続きでもしようかな。


お砂糖のことを考えていた。

私はけっこう調理にお砂糖（キビ砂糖やてんさい糖など）を使う。特に煮物などは甘こってりした味つけが好きなので。お菓子やジュース作りにもお砂糖をたくさん使う。

そのお砂糖を減らしてみようかな…と考えている。ちょっと減らしてみて、どうなるか見てみよう。素材の味を味わう感じにしてみよう。

畑を見に行って、小さな水なすをひとつ採ってきた。割れていて硬い。

皮をむいて、3センチぐらいの玉になったのをひと口大に切って、塩をまぶしてビニール袋に入れてぎゅっとしばって冷蔵庫に入れておく。

しばらくして浅漬けになったなすを食べる。

おいしい。

今はこういう感じ。小さな、見た目の悪いこともある野菜を丁寧に剝《む》いて、中のきれいなところを大事に味わって食べる。いちごもそうしてる。

作った野菜の食べ方がだんだんわかってきた。自分のやり方で。


午後からオリンピック。

高飛び込み、スポーツクライミング。

8月11日（日）

燃えるごみを出さなければと8時15分にベッドから起きて出しに行く。

遠くから見ると何も置いてない。あ！　そうか、今日は日曜日だ。

ガクッ。着替えたのに。

洗濯して、干すために洗濯もの干場に行く。

傍らのいちじくの実を見ると、ひとつ、鳥に突っつかれてる！

いそいで保護袋を取りに行って、3個にかぶせた。そうか、もう熟してきたのか…。

突っつかれてた実をもいで、その部分を取り除いて食べてみると、おいしかった。

ついに、いちじくの季節が来た。


オリンピック最終日なので今日も家で見よう。

それまで、ごぼうをささがきにしながら警察官ゆりさんのアメリカ事情の動画を聞き、シソの葉の塩漬けをゆかりに加工しながらハロフロさんの地震対策チャットを聞く。


新体操団体のフープやリボンを見ながら思った。どうしてこんなことができるのだろう。足で投げたり、見ないで取ったり。ほんと、驚く。


自転車競技を見ようとして電気を点《つ》けたらまた電球がチラチラし始めた。今度こそついに終わりか。このごろチラツキが頻繁に起こるようになってきていた。

うーん。これはかなりのストレス。

よし、思い切ってもう照明を取り替えよう。脚立を運んできて、天井にへばりついて残ったねじを抜き、やっとのことで取り替えた。

あ〜、疲れた。でも新しい照明器具の取り付けはとても簡単だった。すごく軽いし。おかげで自転車競技をゆっくり見れなかったわ。

8月12日（月）

朝4時から中継される閉会式を見逃さないように録画しておいたけど、5時前に目が覚めたので起きだして見る。開会式は見逃してしまってとても残念だった。あんなおもしろいのを…。青い人。

そしたら閉会式はとても健全だった。がっかりするほどよ。

フランスの芸術性。そしてトム・クルーズが出てきて青空のアメリカにバトンタッチ。

今日からまたいつもの暑い夏。

そういえば…、野菜のことや食べ物のことを考えているこのごろ、1日でできる簡単味噌《みそ》の作り方の動画を見て、作ってみようかなと思った。量、少なめに。

それからぬか床の作り方も見て、これも作ってみようかと思った。残った野菜をおいしく食べるのに、たぶんとてもいいんじゃないだろうか。私はぬか漬けのおいしさがよくわからないので、野菜の味を噛《か》みしめるところから入ってだんだん知っていきたい。

野菜の作り方、食べ方に関しては、自分流の何かをつかみかけている。すごく肝心なところを。これがちゃんとわかったら、もう迷うことも少なくなり、ふんふんと気楽にゆったり料理ができるようになる気がする。


畑の小豆が半分ぐらい茶色く枯れていた。とりあえず実の入ってるような莢《さや》を採ってきて水につけたら、そのうちいくつかが膨らんできた。

これでひとくちぜんざいを作ろう！

鍋《なべ》に入れて、まず数を数える。39粒。

煮ながら他のことをしていてうっかり忘れて焦げてしまった…。あーあ。

でもふたたび水を入れて、てんさい糖をちょっと。なめらかにすべてをまとめて。

ひとくちぜんざい、おいしくできた。もっと食べたい。

8月13日（火）

カーカが帰ってくるので、午後、迎えに行く。

ピックアップして、途中のフルーツ屋さんでフレッシュジュースを。唯一あったのがメロン。フルーツサンドは売り切れだった。オレンジ色のメロンと黄緑色のメロンのジュースをそれぞれに注文して飲み比べたら、オレンジの方が甘かった。けどどちらもおいしい。

それから1個150円、10個1500円という玉子を買いに行く。無人販売だった。小さな冷蔵庫を開けてみると、袋に入った大小取りまぜた玉子5個500円というのがひとつだけ残っていた。あとプリンがあったので2個買って、かたわらの郵便受けに1000円入れる。やけに大らかな無人販売だ。

屋外で自然放牧されているという鶏たちが元気に走り回っている映像もモニターから流れていた。ひなから飼育していて、ごはんは国産オーガニックの野菜と天然魚を釜炊《かまだ》きしてから発酵させたものというから徹底している。

家に帰ってから、カーカと畑に行って何か食べられるものをさがす。

見ると、オクラの葉にたくさん青虫がいた。これはさすがに取るか、と思い、ピンセットと容器を持ってきてつまみとり、遠くに移動させる。

空心菜、なす、枝豆、トマトをいくつか。ポポーが袋の中に落下していたのでそれも。

庭ではいちじく3個。

夜、それらを食べたけど、枝豆は虫に食われていておいしくなかった。ポポーは割れて黒くなっていて、半分だけ食べられた。食べられる部分はおいしかった。玉子を玉子かけご飯にして食べてみる。割ってみると、黄身の色が薄〜い黄色で驚く。すごく色が薄かった。味は、さらっとしていた。クセがないというか。

8月14日（水）

今日のお昼はカーカとカーカの友だちと3人で近くのラーメン屋さんへ。昔あったラーメン屋が閉まり、そのレシピを教えてもらったおじさんが10年ぶりぐらいに作り始めたという店。まわりにお店などない田舎の普通の家。大将がひとりで作っている。昔のあのラーメン屋さんのラーメンとは見た目が違った。味は少し似ているような。さっぱりとした食べやすい味だった。

カーカたちは、アジを買ってきて友だちにさばき方を教えてもらう、と出かけたけど、お魚市場が閉まっていたそう。で、ポテトグラタンとたこのカルパッチョを作ってた。高所恐怖症だと見たくないような映画「FALL／フォール」を見ながら3人で食べる。

8月15日（木）

朝、ゴミ捨てに行こうとしたら家の前にゴミが落ちていたので「うう…」と思いながら火ばさみでつかんでゴミ袋に入れる。火ばさみっていい。

今日は国分《こくぶ》に行って気になってる天丼を食べようと思い、事前にチェックしたらお休みだった。どうしよう。またお寿司《すし》屋かトマトラーメンか…。でも昨日もラーメンだったから、寿司かなあ。

カーカが起きてくるまでいくつか用事を済ます。カーカは風邪気味でのどが痛いそう。お昼のことを聞いたら、「ラーメンは嫌だ。寿司」と言ってる。

やろう、やりたいと思っていることなのに、どうしてもやる気が出ない。どうしてやる気にならないのだろう。難しいことだからか。確かに、簡単そうで難しい…。なんか手が出せない。とっかかりが見えない。

でもやらなきゃと思う。

こういう気持ち、前にも何度かあったなと思った。

こういう時はまだ機が熟してないのかも。無理にやろうとしている時にこうなる。

気ばかり焦って…。

そうだなあ。もうすこし様子をみようか。

やらなくてもいいかな…と考えるとふと気が楽になるということは、やはり今はまだその時じゃない。急ぎすぎているのかもしれない。


カーカが起きてきたので、予約しようと寿司屋に電話したけど出ない。今日は休みか。お盆だからかな。で、近くのチキン南蛮にしようということになる。

天ぷらの気持ちから寿司に切り替えたけど、今度はチキン南蛮に変更する。食べるものにあらかじめ気持ちを合わせるのが大事。

チキン南蛮のお店に行ったらお休みだった。

ガックリ。やはり今日は閉まってるお店が多いかも。

それでまたいろいろ調べて、国分の牡蠣《かき》焼きのお店を見つけた。電話してみる。2時ごろ2名、大丈夫ですか？　と聞いたら、2時がラストオーダーなので遅れたら閉まっているかもとのこと。ぎりぎり着くかという時間だ。とりあえず予約する。

高速に乗って30分、まさにギリギリで着きそう。

ナビを見ながらあと5分、あと300メートル、200メートル、と言いながら走ったら、なぜか地図が変になった。進路が消えた。

あれ？　道を間違えてしまったみたい。あわてて引き返す。もう2時ぴったり。とりあえず電話を入れると、だれも出ない。もう閉まったのか。

数分遅れて着いて、急いで戸を開けようとしたら鍵《かぎ》がかかってる。

ああ。閉められたんだ…。

ガクリ。

もうどこでもいいからカーカが決めていいよと託す。ふたりでスマホで探すけどどこも2時で閉店。そして、どうにか開いていそうな町中の焼き肉屋に向かう。

焼き肉…。まったく食べたいと思っていなかったものだ。けどしょうがない。他にはラーメン屋ぐらいしかない。

焼き肉屋に着いて店の前のメニューを見たら、「霧島《きりしま》牛の食べ放題5800円」だった。

さすがに食べ放題はいやだ…。ということで、すぐ近くの辛麺《からめん》のお店に決めた。

時間が時間だけに混んでなくてよかった。トマト辛麺とチキン南蛮定食、餃子《ギョーザ》を注文して分けて食べる。このラーメンの麺はこんにゃく麺ですごくクニクニしていた。

とりあえず食べることができてホッとする。

それからこのあいだサクと行った海沿いの雑貨屋さんにまた行って、気になっていたガーゼパンツを買う。ゆったりとして着やすそう。

そのあと浜辺に降りて海につかろうと思っていたのに、そのお店でうちの近くの中華屋さんの話になり、「おいしいと評判だけどどうですか?」と聞かれ、「前に行った時はそれほどでもなかったです。でも20年ぐらい前だったから…。そういえば最近よく評判を聞きますよ。もう変わったのかも」と答える。

カーカも「おいしいって聞いた」と言うので、車にのってそのお店の口コミやメニューを夢中で調べていたら、砂浜にいくことをすっかり忘れてしまった。カーカにあったかい海水を歩かせたかったのに。ああ、残念。

で、次の予定のA－－Zへ。

味噌《みそ》づくり用の大豆やぬか床用の塩、甘いさしみ醤油《じょうゆ》などを買う。店を出て車に歩いていこうとしたら屋台が出ていた。醤油の甘い匂いがする。

見ると、のぼり旗に「しんこ団子」と書いてある。

「あ！ しんこ団子だ。ママの好きなやつ！」

と急いで見に行ったら、よく焦げたおいしそうなしんこ団子が並んでいた。10本入りのパックになってる。

「この、焦げたのをください」

「10本でいいですか」

しんこ団子があったのがうれしくて「はい！」と興奮気味に答える。

ふと壁を見ると「1本90円、何本でも大丈夫です」と書いてあった。

うん？　バラ売りできるんだ。

あ、あ、うっ、だったら、2本でいいかも…、と一瞬頭がパニック。

お兄さんがタレに10本つけて、温めなおし始めた。

ああ…、あわてたから…。まあ、いいか。

あったかいしんこ団子を受け取って車に乗り込む。

カーカが一連の様子を隣で見てて、変更できそうだったのにと言う。

「うん。でもあまりにも興奮してて、まあいいかと思っちゃったの。1本か2本でよかったわ…」

まず、座ってすぐに1個食べる。ひと串《くし》に4個の丸いお団子がついてる。1個食べて、「うん。しんこ団子だ。でも、1本でいいかも」。

「カーカ、1個でいい。このまる一個」

「確かに…」

しばらくしんこ団子の話を熱心にしながら走る。

「ママのお父さんがしんこ団子が好きで、よく作ってくれたんだよ。米粉をお湯でゆで、砂糖醬油をつけて焼いて。ママも手伝ったりして。こういう味だった。けど昔の方がおいしかった。丸がもっと小さいんだよ。でもホント、2本でよかったわ…」


次に向かったのが、カーカが見つけたジェラート屋さん。

抹茶、ミルク、梨、ぶどうを分けて食べる。自然な味でこれはおいしかった。サクとも行ったこのあいだの鮮魚店に閉まりかけに滑り込んで、わずかに残っていたさしみ盛り合わせとカーカの希望で酢だこを買う。

それから素朴なかけ流し温泉へ。300円。地元のおばあさんたちが来ていた。小さな露天風呂《ろてんぶろ》にも入って、ふぅ〜。

帰りにまたあの無人販売の玉子屋さんに寄って、カーカがプリンを4個購入。


家の近くまで来て、そういえばしげちゃんが腰を痛くして少し前から寝ているそうなので、さっきのしんこ団子を持って行くことにした。

セッセもいた。

しげちゃんがベッドに横になっていた。大丈夫？　と聞くと、いつものように「うん。うん」と笑ってる。「しんこ団子いる？」とセッセに聞いたら、「じゃあ、4本もらう」と4本もらってくれたのでよかった。

夜。

私のiPadからカーカのiPadにファイルを送る方法がわからず、カーカに教えてもらう。覚えられないので説明してもらいながらスマホで録画した。

そしたら！　確認してみると録画されてない。ボタンを2度押してしまったみたいで、前後だけ録画されてた。

笑って、もう一度最初から。

「あるよね〜」と言いながら。

ホラー映画「マリグナント　狂暴な悪夢」を評判がいいので見てみる。

もうすぐおもしろくなるかも、なるかも、と思って最後まで。

うーん。でも確かに変わった映画だった。

なんだか消化不良。

そうだ！　とカーカが思い出し、昔よく見ていたヤン・シュヴァンクマイエルのDVDを棚から引っ張り出して見る。私たちが好きだったのは「フード」と肉が踊るやつ。

なつかしい。カーカたちが子どもの頃、みんなでめっちゃ熱心に見たよね！　と語り合う。

8月16日（金）

朝。今日はあまり暑くない。曇りがち。

畑で赤くなってたいちごを採ってきた。悪くなってるところを除いてカーカにも食べさせる。

「どう？」

「うん…ちょっとすっぱいね」

「すっぱいのもあるけど、甘いのもあるんだよ」

残念。甘いのを食べさせたかった。

でもそうか。さすがにこれは私だけしかおいしいと思わないかも。小さいいちごの表面のつぶつぶが硬い時はリンゴみたいに剝《む》いて食べたりしている。


カーカは友だちとランチへ。

私は、あのやらなきゃいけないけどなかなかやる気になれなかったことをほんの少しずつ進める。1ミリ、1ミリ…。こんなふうにじりじりやっていこう。

カーカは今日、友だちの家に泊まって、明日《あした》、帰る予定。台風で飛行機が飛ぶかどうか心配だけど、明日はどうやら飛びそう。

最初に行ったというお店は私が教えたおしゃれカフェだったけど物足りなかったみたいで、別のカフェでカレーを3人でひとつ食べて帰ってきた。

プリンを食べてから出発した。


カーカに、着替えなんかを入れるオーガンジー風の袋をあげたんだけど、とても使いやすくて愛用していたものだったので、あとでやっぱりあげなきゃよかったかと思い、また同じものが欲しくなり、ネットでものすご〜く何度も探したけど、ない。

あーあ。

悔しくて、似たようなのをあれこれ3枚も注文した。かなり違うけど。

あれはどこで買ったんだっけ。忘れてしまった。どこかの雑貨屋さん。

いつかどこかで出会ったら3枚ぐらい買いたい。

8月17日（土）

朝。木の根っこを引き抜く抜根動画をまた見てしまった。つい引き込まれてしまう。

今年はさるすべりがたくさん咲いてる。台所の窓の外。

カーカから無事に羽田《はねだ》に到着したとのこと。よかった。

ひさしぶりにいつもの温泉へ。脱衣所に入ったら、ちょうど子ども3人がお風呂《ふろ》から元気よく出てきた。お母さんとおばあさんと一緒。4歳ぐらいの男の子、6歳、10歳ぐらいの女の子。3人でいっせいにパンツを穿《は》いている。その穿く様子がとてもかわいかった。子どもがパンツを穿く姿って、なんともかわいい。

脱衣所の壁に従業員急募の張り紙があった。クマコがついに辞めたのかな。

温泉に入ったらねえさんがいたので聞いたら、アケミちゃんが辞めたんだって。そうなんだ〜。辞めないって言ってたけどやはり気が変わったのかな。このところゴタゴタしてたようだから。

見上げたらモンステラの花が咲いていた。

8月18日（日）

過去を見なければ人生はおだやかに進む。

流れにまかせて。

さて、ずっと家にいた。

たまに庭に出て伸びた木の枝を切ったり、水鉢の水があまりにも減っていたので水を入れたり。

庭はカラカラに乾いてる。

家の中から切ることのできるモッコウバラの茎を切っていたら、足長バチの巣を発見！　あとで殺虫剤をかけよう。


4時ごろになって夕立ち。たくさん降ったらいいけど…。

15分ぐらいでやんでしまった。


いつもの温泉へ。

水玉さん、ねえさん、目のくりっとした姉さん、といういつものメンバー。

しっとりと浸《つ》かる。

みんな一緒のタイミングで出た。脱衣所でねえさんが「おしりになにかチクッときて薬をつけたらこんなになったの」とおしりを見せる。

10センチ×10センチぐらいの範囲で赤くなってる。

私も近づいて「どうしたんですか?」と聞いた。

水玉さんと目くりっさんがいろいろアドバイスしてる。目くりっさんは確か、元看護師さん。「乾燥させて様子を見たら?」と言ってる。

みんな裸やパンツ一丁で真剣に話してる感じがとてもよかった。

これこそ自然。

どんな人も裸になったら堂々とするべきだと思う。堂々としていたらなにも恥ずかしくない。


家に帰って、ハチの巣にシューッ。


今年の夏にできたトマトを冷凍しておいた。そのまま食べるとおいしくなさそうな、病気で枯れた木で生《な》っていたものなど。

袋いっぱいになったのでトマトソースを作ろう。

常温に戻してヘタと皮を取って、鍋《なべ》で煮詰める。味見すると苦いようなへんな味。種が多いので一度漉《こ》す。

塩を加えてさらにぐつぐつ煮詰めたら、なんだかおいしくなった。

パスタ2回分ぐらいできたので、ナスとバジルのトマトソースパスタを作る。

8月19日（月）

8時半から王位戦中継が始まる。
今日は大雨の予報。地面が濡《ぬ》れている。ひさしぶりの雨でうれしい。
これからしばらく雨模様の日が続くそう。
今は降ってない。
あ！　にんじんの種まきにいいかも。
今しかない。8時15分。いそいで蒔《ま》いてこよう。
花が咲いたあとの形のまま取っておいた種を1本つかんで畑へ。
刈り草をのせておいた畝から草をよけて、種をもみほぐしながらパラパラと蒔く。
蒔き終える頃、雨が降ってきた。
急いで踏み固め、上に草をのせる。
背中が濡れてきた。
ズボンも。
走って家に戻り、濡れた服を着替える。
ふう〜。よかった。蒔けて。

今日の対局場所は佐賀県唐津市《からつ》「洋々閣《ようようかく》」。

昨日行われたという子ども記者からの質問がおもしろかった。


雨がずっと降っていてうれしい。庭も畑もカラッカラだったから。


このあいだ思った砂糖について、またつらつら考えている。

「砂糖をとらないと体調が変わる」と言うが、はたしてどうなるか？興味がある。

やってみようか。調味料にも入ってるので厳密にはできないけど、できるだけやってみよう。特に私は煮物に多く入れるのでそれをやめてみよう。

このあいだもらった梅シロップがまだあるけど、あれは飲み終えるまでいいことにする。ジャムやはちみつは…、少しならいいか。

とにかく砂糖入れの中の砂糖を使わないでみよう。


キウイの大株を切り倒す動画を見ていて、うーむ…と思う。

キウイはすごく大きくなり、枝が絡み合っていくので、庭にはお勧めしませんと庭師の方が言っていた。

モッコウバラの花壇に植えた私の「紅妃《こうひ》」。今はまだ小さな株だけど、これが大株になったら困るかも。でも、そうなるには何十年もかかるのかも。好きと言っても、そんなにたくさん食べたいわけじゃない。年に2〜3回食べられたらいい。としたら、自分で作る必要もないか…。これは様子見だ。育たないかもしれないしね。

8月20日（火）

今日も雨を期待していたけどだんだん晴れてきた。

終日、将棋を見て過ごす。

8月21日（水）

歯のクリーニング3回目。遅刻しそうになって予約時間ぴったりに着く。入り口のドアを開ける瞬間に電話がなった。

「あ、今、着きました」

と言いながらドアを開け、電話していた受付の方に挨拶《あいさつ》する。

フー。遅刻厳禁だから。

終わって、帰りに私の好きなぶどうが出ている頃だと思い、買いに行く。

その生産者さんのぶどうが出ていたけど、私の好きなあのぶどうじゃなかった。品種が違う。まだ早かったかな…と思いつつ、そのぶどうを2房購入。しばらくたってからまた来てみよう。

先週、母のしげちゃんが夜中にトイレに起きた時に転んでしまい、腰を痛くしたそう。2～3日してから病院に行って診てもらったら背骨の下の方が骨折しているとのこと。レントゲンではわからなかったけどMRIで見たらわかったらしい。

95歳…。

夜中に寝ぼけてまた転ばないように、セッセが隣で寝ることにすると言っていた。

病院で測ってわかったけど骨密度はかなり高いそう。同年代の人と比べて146パーセントもあったって。へーっ。

温泉へ。

受付にクマコがいた。

「あれ、花が咲いてるから実がなるかもよ」

と言う。

「え？　八朔《はっさく》のこと？」

「ちがうよ。あの…」

「ああ～」

モンステラのことか。やはり気にしてたのか。

でももうモンステラの実には熱くなれない。


サウナで笑いさんとふたりだったので聞いてみた。

「自分の平熱って知ってる？」

「ううん。わからない」

「いつも計るのは熱がある時だからね。私は昔から体温が低くて、たしか若い頃は35・8度ぐらいだったの。でも、今はこうやって毎日のように温泉とサウナに入っているし、食べ物も健康的になってきてるからもしかすると体温が上がってるかも。体温は高い方が病気にならないそうだから、計ってみようかなと思って。午前10時ぐらいがちょうど計るのにいいんだって」

「へえー、私も計ってみようかな」


脱衣所と浴場のあいだに2メートル四方ぐらいの石張りの空間があって、そこを通って移動している。お風呂《ふろ》から上がっていつものようにそこを通った時、違和感を覚えた。扉の右側がなにか変わったように思えたのだ。ここにあった何かがなくなっているような…。

で、脱衣所にいた笑いさんとねえさんを呼んで、見てもらった。

「ここって、前からこうだった？」

うん？　とふたりが熱心に見てくれて、こうだったような…、と。

「何か変わったような気がするんだけど…」

そう思って周りを見渡すと、壁の木の板の様子も違って見えてきた。

「この壁、こんなだったっけ？　きれいに見える」

ふたりもきょろきょろ見渡して、「そういえば、違うような…」

「新しくしたのかな」

「あ！　でも、蜘蛛《くも》の巣がある」

「じゃあ、同じなのかな」

「受付で聞いてみよう」

なんか不思議な感じがしている私。

受付にクマコがいたので聞いてみたら、「どこどこ？」と、一緒に見に行く。

「何も変えてないよ」とのこと。

そうか〜。私の勘違いか。10日ぶりに交代したからかな。

今まで意識していなかったところを改めてじっくり見たら、なんだか初めて見るようだったのがおもしろかった。こんなだったっけ、って。普段、気に留めてないということだね。

8月22日（木）

予想外に雨が降らないので人参《にんじん》に水やり。でもじょうろで1回撒《ま》くぐらいでは焼け石に水。芽が出ないかも…。

抜根動画の流れで樹齢200年の大木伐採動画その他を見てしまった。ついつい引き込まれて。庭の木のことをよく考えているのでちょっとでも興味をもつと夢中で見てしまう。

木こりの方が高い木の上まで登って、少しずつ切り落としていく。すごい高さだ。その隣の木は一番下を切って、倒していた。その木のある場所によって、少しずつ切っていったり、一気に倒したりするみたい。

ものすごい集中力と精神力。汗びっしょりになっている。木を切り倒すってその木が生きてきた時間分のエネルギーと対峙《たいじ》することなので本当に力がいると思う。尊敬の念がふつふつとわいてくる。

平熱を計ろう。
体温計を取り出して、計ってみた。時間は午後1時だったけど。
すると、35・5度。
えっ？　低い。間違いでは。
もう一回計る。
35・8度。
やっぱりあんまり変わってないや。

庭のエゴノキの1本がカミキリムシにやられて枯れてしまった。
その木を切り倒すことにした。ミニチェーンソーでギューン。
倒れた木の枝を切って、できる範囲で細かく分ける。暑かった。

夕方、温泉へ。
果物さんがいたのでお湯に浸《つ》かりながら話す。
「ホームセンターで欲しいあじさいを見つけたので安くなるまでじっと待っていたら

ついに安くなったので買ったの」とうれしそう。

「いくらだったんですか?」

「2000円が500円」

「いいですね」

3つ、買ったそう。


サウナで笑いさんに平熱を計った話をする。それから近頃の社会情勢の話。脱衣所で、「あー、気持ちよかったあ」と本当に気持ちよさそうな笑いさん。私もつられてにっこり。

8月23日(金)

早朝、畑の通路の草刈り。

それから庭に移動して枯れた葉を小さくする作業。

汗びっしょりになったので終える。


今日も体温を計ってみよう。昨日は計り方がいけなかったのかも。

ピピピ。

35・5度。変わらず。

樹齢200年の木の伐採動画の続きで、その木を販売する九州銘木優良特別市の動画があったので見てみた。横たわった大木がずらりと並んでいる。

「うわあ。でっかいのがありますね〜」と木こりさんが言っていて、確かにひときわ大きいのが横たわっている。

「宮崎県産材。すごい。これ、神社の…」

立て看板に説明が書かれていた。写真も。

あれ？　白鳥《しらとり》神社って書いてある。

「令和4年の台風十四号の一カ月後に樹齢五百年の倒れた夫婦杉《めおとすぎ》の片方が倒伏しました。」

あー！

去年のお正月にカーカたちと白鳥神社に行った時に見た、倒れてひっくり返ってブロッコリーのような根っこが突き出ていたあの夫婦杉だ。

びっくり。こんなところで出会うとは。なんかうれしい。

高値がついていた。木こりさんの切った木も売れていた。場所は熊本の肥後木材というところ。大きな木がたくさんあった。いつか近くを通ったら寄って見てみたい…。

大木、切り株、木の断面には何かを感じる。惹《ひ》きつけられるし、心が安らぐ。

温泉へ。

誰もいない。ひたすらぽひょ～っと浸かる。温泉…、水風呂《みずぶろ》…。

しばらくしたら何人かやってきた。

出て、脱衣所でふくちゃんが、「さっきの人たちにそのヘチマ、買ったんですか？って聞かれたわ」とうれしそう。

去年、大きなヘチマを作ったふくちゃん。私もひとつ、いただきました。

8月24日（土）

夜中に雨が降ったようで地面が濡《ぬ》れていた。

早朝、庭をゆっくり見てまわる。暑くない。暑くないなんてひさしぶり。

ぬか漬けのぬか床から作ろうと思ったけど最初はハードルの低いところからやっていこうと思い、杉板のぬか漬けの容器とぬか床を注文した。それが届いた。漬物屋さんのぬか床で、すぐに漬けられるそう。

中に入れる野菜が、畑には小さくて固いなすしかないので買いにいく。

きゅうりを買ってきた。ぬか床を器に入れたら、なんと器が大きすぎて半分ぐらいしか埋まらなかった。もう一袋必要だわ。

この杉板の容器、想像よりも大きかった。

とりあえず畑の固いなすと1本だけ生《な》っていたオクラ、きゅうり1本を漬ける。

浅すぎてなすが飛び出てる。半分に切った。

ふう。

続けて、炊飯器で1日で作れるという味噌《みそ》づくりに挑戦。まずは味噌の中身や作り方を知りたいと思う。

水につけておいた大豆を茹《ゆ》でる。

いろいろやって味噌の仕込みが終わった。ただいま炊飯器に入れて保温中。

特殊伐採の動画をまた見る。

大きなセンダンの木に登って張り出した枝を切っていた。

温泉へ行く車の中で思った。

1秒1秒、常に意識して行動してみよう。すぐに忘れちゃうから、忘れないように。

今、ウインカーを出した。カチカチ。前方、左右、だれもいない。

右へ曲がる。

堤防下を川に沿って進む。杉と銀杏《いちょう》の並木。左手は緑の草が続く堤防。

この風景。風、空。

しっかりと見るのだ。


浴場へ行ったら水玉さんひとりだった。一緒にサウナへ。

最近見ないなと思ったら、2泊3日で富山のお姉さんのところへ行っていたのだそう。十数年ぶりに会ったんだって。

今年の次の大きなイベントは11月の同窓会だそう。

同窓会でいろいろ思い出した。

「昔、カッコよかった男の子を10年ぶりに見たら全然カッコよくなくて、なんだったんだろうと思ったことがある。昔の思い出ってかなり美化されてるね」などと話す。

1日でできる味噌とぬか漬けを作ったことも話す。

そして「白髪を染めるの、試しにやめてみようかなって思ってる」と言ったら、富山のお姉さんが白髪を染めていなくて最初会った時にわからなかったそう。徐々に変化を見ていたら慣れたんだろうけど十数年ぶりにいきなりだったからって。

サウナから出て、髪を洗ってから温泉へ。

「お湯が熱くないね」と言うので、「そう。この間まではもっとぬるかったんだよ。砂交じりで」と教える。

水玉さんは弾丸旅行に行ってきたばかりのせいか、このいつもの日常の大切さを改めて感じたようで、「一日、一日を大事に味わって生きよう」なんて言ってる。

ふふ。

さっき私が思っていたことみたい。

脱衣所で、水玉さんが、

「若い頃、『ああ〜、自由に生きたーい』って言ったら、『十分自由に生きてるじゃない』ってみんなが言うから、『もっと、もっと自由に生きた〜い』って叫んだことがある」と言うので笑った。なんかその時の気持ち、わかる。

そこへ見知らぬショートカットのおばさまが入ってきた。

短パンをスッと下げて、足の指でつかんでそのまま空中に投げて片手でキャッチ！

「あ！　そのやり方！　私と同じです。同じ人がいたなんて」

すごく驚いた。もしかすると世界には同じ人がもっといるかも。

8月25日（日）

早朝は涼しい。

大豆のゆで汁をコップに入れて冷蔵庫に入れていたのを飲んでみたらすごくおいしかった。甘くて。

これって豆乳に似てるけど、豆乳ってなんだろう？　と思ったので調べたら、大豆をすりつぶして煮た汁を漉《こ》したもの、だった。そうか同じようなものか。

朝食に昨日つけたぬか漬けを少し食べてみた。きゅうり、なす、オクラ。ほんのりぬか漬けの味がする。うーん。いろいろ試してみたい。

作った味噌はホーローの容器に移して冷蔵庫へ。しばらく寝かせてから味見してみよう。

続いて、またまた興味のあることが。

昨日、中国茶の特別貴重でおいしそうなお茶の紹介動画を見て、へえ〜、おいしそうと感心していた。いいなあ〜、飲んでみたい。販売もしているけど高価だし、よっぽど飲みたくなったら買ってみよう。今はまだ味もよくわからないし…。

そしてほかの動画を見ていたら、桑の葉茶がいいということを知り、桑の葉はいつも伸びすぎて困っていたから、あのお茶がおいしかったら、それはラッキー、と思った。それから雑草のメヒシバもほうじ茶のような味のお茶になると知り、むくむくとやる気になったので、朝早くから、庭の桑の葉、畑のメヒシバ、ついでに庭のびわの葉を摘んで、洗って干す。

この3種類のお茶を作って飲んでみよう。

今、テーブルの上に体温計がある。しばらく頻繁に計ってみようと思って。で、計ってみたら、35・1度。ショック！　悔しい。もう一度！

35・5度。やはりこの温度か。もういいや。

お昼。

映画「ドミノ」を途中まで見ながら冷やしとろろ蕎麦《そば》を食べる。

食べ終えて、お皿を洗いながら、あっ、1秒、1秒、意識するのを忘れてた。

今、していること。

それから、昨日の水玉さんが言ったことを思い出してふと笑いがこぼれた。

遠くに行ったからだろう。前から「私は人とべたべたしたつき合いは嫌いなの」と言っていて、一度もご飯とか誘われたことなかったのに、うちの近くの飲み屋に行ってよかったみたいで、「今度、行かない?」と誘ってきた。

おお。めずらしい。

「あそこだったら近いからその時は自転車で行く」と答えとく(まだ行ってない)。


まだまだ暑いけど、ついつい外に出てびわの葉の様子を見たりする。桑の葉はもうカラカラになってる。

びわの葉の裏の毛をとらなければ。これが面倒。ちょっとやりかけたけどあまりにも大変なのであきらめる。


今は仕事週間なので少し仕事をする。

温泉へ。

サウナに笑いさんと水玉さんがいた。

水玉さんに、「今日ね、また体温を計ったの。そしたら、35・1度だった」。

「えーっ! 私も計った。36度だった」と笑いさん。

「私は36・2度」と水玉さん。

「いいなあ～。で、悔しくてもう一度計ったら次は35・5度だった。暑いので冷たい麦茶をたくさん飲んでるからかなあ…」

8月26日（月）

なにかをやめたい時、やめることでより強い喜びを得ることができるならやめるのは苦じゃない。たとえば甘いものをやめようとする時、やめることの方に楽しみが多ければ簡単にやめられる。

今の私がそう。食に関する実験をしようとしていて、それをやることの方が楽しいので。

やめたいこと、お酒でもゲームでもなんでもそう。

そこからいろいろ思いはさまよい…、不倫をする人はそれまでの生活がつまらなかったんじゃないかなと思った。充実してたらしないよね。

道の駅へまたぶどうを買いに行く。今日はあるかな。

たくさんのぶどうが出ていた。私の好きなおじさんのは…、あ、これだ。

品種名が書いてない。「種なしぶどう」とだけ。でも同じ書き方だからたぶん私の好きなブラックビートだろう。

お米が品切れだと聞いていたが、本当にお米の台の上が空っぽだった。

それから外の園芸コーナーでルリヤナギを買う。前に買ったのがうまく育たなかったのだ。それを箱に入れてレジに持って行こうとしたら、近くで楽しそうにおしゃべりしていたおじさんが、「ああ、それはね。春に切って挿し木したらたくさんつくよ」と教えてくれた。生産者さんだったよう。やってみよう。


お味噌汁《みそしる》とぬか漬けと玉子かけご飯の朝食。

ぬか漬けのきゅうりは発酵が進んでかなり酸っぱくなってる。それをじっくりと味わう。ふむふむ。ふ〜む。

食後、杉板のぬか漬けの容器を冷蔵庫へ移す。

桑の葉とメヒシバはカラカラになってきた。びわの葉はもうすこし。


今日も仕事の続き。

8月27日（火）

台風が近づいてきている。

時おり、激しい雨。たまに晴れる。

今日から王位戦第5局。有馬《ありま》温泉の「中《なか》の坊《ぼう》　瑞苑《ずいえん》」。立会人はおもしろい福崎文吾《ふくさきぶんご》九段。うれしい。

浄化槽の定期検査の方が来た。さっきまですごい雨だったけど今はやんでる。「ちょうどよかったですね」と話してしばらくしたらまたすごい雨。検査のあいだ中、降っていて、終わったらやんだ。「やっぱり降ってきましたね」と申し訳ない気持ち。「天気のことですから」とさわやか。

セッセが頂き物の梨を持ってきてくれたので、自分用に2個、温泉仲間に4個もらう。

しげちゃんの容態や今後のことを話す。できるだけ長く今の環境でやっていきたいのでいろいろ工夫していると言っていた。

お昼はカレー。

つい買ってしまって困っているものが多いが、このカレー粉もそのうちのひとつ。500グラムは多すぎた。

数種類の香辛料を混ぜ合わせただけのスパイスカレーなので調理が難しい。いっ10回以上作ったけど何度作ってもおいしくない。私には使いこなせないかも。いっそのこと捨ててしまおうかと思うが、いつも最後に一度と思って作ってる。今日もその気持ちで作ったけどやはりおいしくなかった。うーん。どうにか利用できないものか…。

ドライカレーにしようかな。ドライカレーなら好き。200杯ぐらい作れそう。

ハンモック椅子でうたたねしてハッと目覚めたら、目の前の青い空に雲がところどころ浮かんでいた。とても明るくて、思わず、もっと気楽に生きよう！　と思った。

梨4個を持って温泉へ。

受付に張り紙があって、「台風の影響で29日はお休みです」と書いてある。

へー。ここが休むなんてめずらしい。やっぱり今度の台風はすごいんだ。

洗い場に行ったら笑いさんと水玉さんが並んでいたので、「おふたりさん。梨、いらない？」と聞いたら、「いる」って。

「2個ずつね」

サウナで、笑いさんにお昼のスパイスカレーの話をする。全然おいしくなかったこと。

そのあと水風呂《みずぶろ》に入っている時に思い出した。そういえば塩を入れるのを忘れてた。味がないと思ったわ。

「塩を入れるの忘れてた！」と追加報告する。


帰りに受付にクマコがいたので台風のことを話す。

「心配や～」とめずらしく不安そう。

家に帰って、めったに使わないガレージの棒を立てる。台風や強風の時にシャッターを支えるもの。それから植木鉢で飛ばされそうなものをいくつか避難させる。

畑で…、唯一心配なのはゴマ。花が咲き終わって収穫も近い。あれがすべて倒れてしまうかもなあ。自分で栽培していて最も価値があると私が感じているのがゴマなのです。

8月28日（水）

雨が降っている。

将棋を見ながら遅い朝食をゆっくり作る。

お味噌汁、庭のプチトマトとオクラ少し、買ってきた焼きトロサバ3分の1。

そうそう。ぬか漬け。杉の蓋《ふた》を開けたら四隅に水が溜《た》まってた。

食べられるぬか床なので洗わずに、きゅうりとかぼちゃを切って皿にのせる。

薄く切ったきゅうりを食べてみると、なんだかおいしく感じた。ちょっと酸味があって。でもうまみもある。これはいい。

水対策に干しきくらげを四隅に入れておく。


目の前に体温計があるので今日も体温を計ってみよう。

35・3度だった。

そうだ。わきの下じゃなくて舌下で計ったらどうかな。どちらでも計れるそうだから。

すると、36・8度だった。

あら。これはいったい…。どちらを信じたらいいのだろう。真ん中を取るか。


将棋は藤井王位が勝って、永世王位を獲得した。

夜中、緊急の有線放送が流れたり、強い風と雨で目が覚めたりで何度も起きてしまった。

8月29日（木）

今日も一日、家にじっとしていよう。
台風10号は鹿児島の西に上陸してゆっくりとした速さで九州北部へ向かってる。
静かになった時に庭に出たら葉っぱや木の枝がたくさん落ちていた。
壁際のパッションフルーツの鉢がひとつ、倒れていたので起こす。
時おり突風が吹くので急いで家に入る。
家の中から発見したが、家と仕事部屋のあいだにある酔芙蓉《すいふよう》の木が倒れていた。

今日は一日、仕事。
つれづれノート㊻の細かい作業。写真を選んでキャプションをつける。写真が小さくて見づらいので、次からは厳選したものをボンボンと大きく使おうと思った。

桑の葉茶とメヒシバ茶の試飲をしてみよう。
鍋《なべ》で煮だす。ぐつぐつぐつぐつ。
うーん。メヒシバ茶は香ばしくておいしい。桑の葉茶は薬草茶って感じ。あまりおいしくない。濃すぎたのかも。

8月30日（金）

雨は小雨になって風はない。

台風は今、大分のあたりをゆっくりと北東へ進んでいる。

今日も仕事の続き。


荷物をコンビニに出しに行く。ついでにブリュレを買ってみよう。レジでやってもらってる時、入ってきた人がいた。だれかと思ったら水玉さんだった。

「コンビニの前に郵便ポストがあると思ったらなかった」という。

「おいしいと噂のブリュレを買うの」と見せたら、「それおいしいよ」とレジのいつものおばちゃん。

家に帰って食べたけど1個は多すぎた。半分でいい。


山の奥の古民家でひとりで暮らしているおじいさんを取材している動画があったので見てみた。

電気製品は電球、ラジオ、携帯のみ。冷蔵庫は持たない。

「物を持つと管理しなきゃいけないから」

この方は若い頃、南アジアやネパールを長く旅行していたという。

年季の入った道具類がとても美しく整理整頓《せいとん》されていた。無駄なものはなくシンプル。必要なものだけが使いやすく収まっている空間は美しいのだと知った。

「自分で作ったものは自分で直せるからね」

かまども自家製。使いながらよりよく改善していったという。

森に入って薪を拾う。

「薪を使うことで本当のおもしろさがわかる」

サッと作る料理がおいしそう。

すごい。

うーん。

これと、対極にある暮らしとのあいだの、どのあたりに自分を位置づけるか…。

「自分にとっておもしろいかどうか。旅行する中でいろんな生活があるなって思ったの。生活の形、自分の生活を作るのがおもしろい。今を生きて、おもしろい」とおっしゃっていた。

チベット仏教のお坊さんに教えてもらった版画を作ったり塗り絵をしたり。彫刻刀を作るところから始めるんだって。

とても充実しているように見えた。

経済を小さくするとゴミは減る、と。

実際にその暮らしを生きている。

こういう暮らし方こそが人生の師匠だと感じる。遠くからずっと指標にしていきたい。

竹籠《たけかご》の置き方、スパイス棚、薪《まき》棚、料理の作り方、あらゆるすべてが勉強になる。保存しとこう。


私はこれから、これまでため込んできた食器や服、その他いろいろなものを丁寧に使い込んで、だんだん少なくしていって、最後は本当に好きで必要なものを一種類にひとつだけ持って、品数少なく暮らしたい。


温泉へ。

やはり温泉は気持ちいい。ひさしぶりの水風呂《みずぶろ》ですっきり。

いつになく見知らぬお客さんが多かった。

脱衣所では水玉さんとふたり。ドライヤーで髪の毛を乾かしながら、この静けさがいいよねと話す。

8月31日（土）

4時ごろ目が覚めたので動画を見ていたら、気功のチャンネルが目に留まった。歩き方のことを言ってる。かかとから着地せず足裏全体で地面に着くようにという。試しにやってみると確かにいい感じ。足音も静か。これは習慣にしたい。

次に丹田の鍛え方。大笑いする、だって。

4時半に真っ暗な家の中で「ワッハッハー」と声を出した自分が怖かった。

でも続けて見ていたら、「口を笑う形にして、声は出さなくてもいい」と言うので、あら、と思う。毎日、思い出したらやってみよう。忘れそう…（忘れた）。

二度寝して起床。

台風一過でいい天気。洗濯して朝ごはん。

おみそ汁と蒸し鶏《どり》、ぬか漬け。

ぬか床を手で混ぜたら、洗ったあとしばらくいい匂い。

それから買い物。

まずふれあい市場へきゅうりを買いに。畑にぬか漬け用の野菜がないので。きゅうりの苗を植えたけど今年は1本もできてない。

きゅうり、冬瓜《とうがん》、ミニかぼちゃ、地卵、豆腐を買う。冬瓜はあまり大きいのは食べるのが大変なので小ぶりのにした。

お釣りに「新札が入ってますよ」と言うので見たら新千円札が。ここまで来るのに2カ月か。

次に道の駅に行って、いつものぶどう、みょうが、熊本県産ちりめんじゃこを買う。出たところでいつものトロサバを焼いていたので焼きたてを1尾買う。小さな女の子がお手伝いしていてトコトコと持ってきてくれた。

次に、ドラッグストアで無漂白トイレットペーパーを探したけどなかった。これは通販で買おう。

最近、急速に無添加っぽいものに興味を持ち始めた私。

無投薬鶏肉や無投薬豚肉も昨日注文してしまった。冷凍で届くのでそれらを大事に少しずつ食べてみよう。

それから枕崎《まくらざき》の鰹節《かつおぶし》と鰹節削り器も今の鰹節がなくなったら注文しようかなと思う。鰹節削り器は過去に何度も挑戦したけどうまく使いこなせなかった。今度こそできそうな気がする。

畑で、倒れたなすとゴマを起こす。庭では酔芙蓉《すいふよう》を起こす。折れた枝を集める。

温泉へ。

電気が消えていて受付が真っ暗だった。

サウナで笑いさんに「体温、どこで計ってる？」と聞いたら脇だった。そうか…。

さっぱりとしてあがる。

脱衣所でパンツを穿《は》きながら、ふと水玉さんに「パンツの寿命ってどれくらい～？」と聞く。

9月

謎

9月1日（日）

今日から9月。まだ暑いけど。桑の葉茶を淹《い》れてみた。今回は鍋《なべ》で濃く煮だ さずにポットに熱湯を入れて。するといい感じの薄さで飲みやすい。これならいける！　と思った。

ふう…と、朝の一服。

朝の習慣にしたい。

これから蒔《ま》く野菜の種をチェックする。そして足りない種を注文した。大根、青大根、小松菜、ベビーリーフなど。

9月2日（月）

今朝のお茶はメヒシバ茶。うん。こっちは甘みがあっておいしい。

朝ごはんは、冬瓜スープ、焼きトロサバ3分の1、冷ややっこ、ぬか漬け（きゅうり、ミョウガ、冬瓜）、ちりめん山椒《ざんしょう》。

午前中。草刈り機でサッと畑の通路と庭を刈る。それから苗ポットに白菜やキャベツなど冬野菜の種を蒔く。

午後。庭を散歩中、ついつい短パンで蔦《つた》やヘクソカズラをバリバリはがしていたら右ふくらはぎを蚊に6カ所も刺されてしまった。


早めに温泉へ。

果物さんが静かにお湯につかっていた。他には誰もいない。

ぬるめの温泉に私も入っていろいろ話す。

数年前に庭のあちこちに挿し木したつる性の植物（時計草、ハニーサックルなど）や這《は》って伸びるレンギョウなどの低木がどんどん伸びてきて大変困ってると話したら、果物さんは以前、アメリカアサガオを植えたらものすごく広がって駆除に困ったとのこと。

私はこれからそれらの困った植物を丹念に引き抜く予定。つる性のものは管理できる範囲にとどめよう。

果物さんとこでは今、いちじくがたくさん生《な》ってるそう。いつもシロップ漬けにしているんだって。ヘベスのはちみつ漬けを作ったこと、あおし柿の冷凍がすごくおいしいことなど教えてくれた。「ずっと冷凍しといて夏に食べるの」って。

最後に「レンギョウはどうしてますか？」と聞いたら、剪定《せんてい》して小さくしているとのこと。

渋柿の渋を焼酎《しょうちゅう》で抜いて甘くするというあおし柿。あまり好きじゃなかったけどもしかすると今食べたらおいしく感じるのかな…。いつか作ってみたい。機会があれば。

夜。冷凍しておいた味のないスパイスカレーに塩、コンソメ、ソース、白だし、玉ねぎ麹《こうじ》、ケチャップ、チーズなど味のつくものをこれでもかと入れたらおいしくなった。

9月3日（火）

南側にあるテラスに伸びているモッコウバラの枝を剪定した。グーンと伸びてた。

夜、井上尚弥《いのうえなおや》とTJ・ドヘニー戦。7ラウンドで急にドヘニーの腰がへなへなとなって歩けなくなり、試合終了。へなへなの様子にちょっとびっくりした。

9月4日（水）

王座戦第1局。永瀬《ながせ》九段と。

あいまに庭に出てちょこちょこ草取り。

温泉で今後の予定をゆっくり考えよう。ときどきそう思う。

これからしばらくの心構えというか、短期の目標。私は現状を整理するのが好き。

9月5日（木）

朝、いつもの椅子に座って窓から庭をながめる。

正面のザクロの木に鳥が来てぴょんぴょん枝を移動している。頬が白い。何の鳥だろう…。双眼鏡を持ってきてのぞくとお腹の白いところに黒い縦線が1本。

調べたらシジュウカラだった。お腹の線はネクタイと呼ばれているそう。


メモした映画やドラマがたまりにたまったのでこれからできるだけ見ることにする。大まかに内容を表す言葉や点数などを書いとくかな。

見た映画「アーカイヴ」。近未来SF、ロボット、夫婦。60点。

歯のクリーニング、終了。ホッとする。


食べたもので自分の体ができているということにちょっとずつ気づいていくのは楽しい。

温泉へ。

果物さんがいた。

毎日十数個ずついちじくができているそう。私は1～3個。

それでシロップ漬けを作るんだって。それから、朝起きたらパッションフルーツのつるが巻いていてうれしかったそう。

サウナでは笑いさん。

今日、庭の巨大な木を切ってもらってホッとしたって。道のわきで大きくなりすぎたので近所のおじさんがクレーンを使ってひとりで切ってくれたとか。その木は炭にしたらいいような堅木で名前は忘れたって。

ときどき質問しながら興味深く聞く。


映画「君が生きた証」。バンド、父と息子、社会問題。80点。歌もよかった。

9月6日（金）

生ごみコンポストが欲しくて、木の板と波板を使って自分で作ろうかなあ…と設計図を描いていたら、ネットでいいのを見つけた。

バッグ型のコンポスト。量が少ないのでちょうどよさそう。

兵庫県の齋藤《さいとう》知事の百条委員会を見ていたらむなしい気持ちになった。これ以上見ていてもしょうがないと思い、見るのをやめる。

温泉へ。後半はひとり貸し切り状態。

湯船に浮かんで頭の中を整理する。

ドラマ「地面師たち」。おもしろいと評判だったので見たけど私はあまり。45点。

9月7日（土）

まだまだ暑いので外の仕事はやめとく。

家の中をぶらぶら。ドラマを見たり。

充実感のない一日だった。

9月8日（日）

早朝、畑と庭の作業を少し。

苗ポットの種は順調に発芽している。

温泉に行く前にしげちゃんの様子を見に行く。

ベッドで寝ていた。

「ぐっすり寝ていたわ」とまだ眠そうに話す。

「腰の具合はどう？　痛くない？」と聞くと、「痛くないわよ」。

たまに夜中に起きてしゃべりだしたり、ひとりで杖《つえ》をついて道路の向かいの家にいったりすることがあって、そろそろどこかの施設に入院した方がいいかもとセッセとケアマネージャーとで話し合っているそう。

もうあまりここには長くいないかもと思い、これからは頻繁に、温泉に行く前とかに顔を見に来ようかな…と思う。

温泉で水玉さんにシャインマスカットを冷凍して食べるとおいしいよと教えてもらった。

ドラマ「理想のふたり」。ニコール・キッドマンが出ているのですぐに見た。

ニコール・キッドマンが出ている映画やドラマはいつもひと癖もふた癖もある人物

たちがでてくるので楽しみ。でもこれはそれほど癖がなくてガクッ。夫役のゴマ塩ひげの男性に魅力を感じなかったせいかもしれぬ。人気作家とその家族たち。60点。

9月9日(月)

今日の夜から雨が降りそうでうれしい。たまに雨が降らないと気分が変わらない。

台所のコンロがきれいになってる。

そうか。夜中に目が覚めてしまい、水を飲んで、ついでに皿を洗って、ついでにコンロも拭《ふ》いたんだった。

今日は何をしようかな。まだ外は暑いから外の仕事はしない。

またあのぶどうを買ってこようかな。今年4回目。シャインマスカットも買って冷凍しよう。

買ってきました。ぶどう。冷凍する。

映画「アウェイク」。前に一度見たので再見。病院、恋人、サスペンス。短く、飽きずにサクッと見れる。75点。

9月10日（火）

ひさしぶりの雨。

しっとりしていて落ち着く。


映画「アイ・イン・ザ・スカイ　世界一安全な戦場」。ミリタリーサスペンス。現代の戦争、決断。75点。

なんで戦争なんてするのだろう。

「レベル・リッジ」。新作でパッと現れたので見てみた。男と警察。何かありそう…という緊張感があって最後まで見てしまった。70点。


ｎｏｔｅでやってる音声ブログ「静けさのほとり」で「子育て中は子供を社会に人質に取られてるみたいなものだから変なことをしたらいけないと思い、おとなしく暮らしてた」と話したら、賛同する人多数。

9月11日（水）

空きビンをゴミ捨て場に持って行く。

どうして価値観をすんなり目の前の相手に合わせてしまうのだろう。そこで踏みとどまりさえすれば間違うことは少なくなるのに。

あるひとことで行動を起こしたというのは、きっかけを求めていただけで実は心は決まっていたのだ。

使って楽しい。使うことがうれしい。そういう身のまわりのものを持とう。

畑に寄って、アスパラガス1本、空心菜数本を採ってくる。

10時からトランプ氏とハリス氏のテレビ討論会を聞きながら、しそのしょうゆ漬け作りといらない布切れをさらに細かく切る作業。「そうだ！　台所でペーパータオル代わりに使える」と思いついたので。コンロの油拭きとかに。

庭の木の剪定《せんてい》と草刈りを少し。

草と言えば、前に国道沿いに生えているイネ科の雑草が秋になってオレンジ色に紅葉しているのがすごくきれいだったのでその草を取ってきて庭に植えたら、今、大変なことになっている。

雑草だけにものすごい繁殖力で、庭のあちこちに広がって根を張っている。

これは…まずい。

この冬に根っこごと引き抜こう。

あと、カニクサもすごい。きれいなんだけどね。これは根がアルミワイヤーみたいに強くて引き抜けない。そしてどんどん増えていく。

塩。

私は塩にも興味があり、ところどころで見かけた天日干しの塩などをついつい買ってしまう。その味比べをしてみようと思い立ち、数種類の塩をごはんにつけて食べてみた。種子島《たねがしま》、沖縄、吹上浜《ふきあげはま》、ヴェルトンヌの塩…。いちばん古い熊本のは2017年のものだ。塩は腐らないよね。

結果。うーん。あまり違いはわからなかった。味よりも塩の形状の違いが大きいかも。サラサラ、ざらざら、つぶつぶ。

温泉へ。

水玉さんがヘチマを持ってきてくれた。35センチぐらいあって大きい。私に1本、水玉さんの分が1本。

まだ緑色のヘチマを温泉で温めて一緒に皮をむく。

これを乾かせばヘチマスポンジの出来上がり。体を洗ったり、お皿を洗ったり、とても便利。ずっしりと重くてトロトロの果肉がたまっているのでこれでヘチマ化粧水を作れるかも。

映画「カット/オフ」。ミステリー。

出だしから、うん？　どういうこと？　と不思議さに引き込まれ、最後まで見た。残酷なシーンが多く、わかりにくかった。最初だけドキドキ。45点。

9月12日（木）

いちばんの子ども孝行は親が楽しそうに生きていること。

いちばんの親孝行は子どもが楽しそうに生きていること。

朝、ゴミ捨てに行ったら、いつもの剪定のおじさんノロさんが軽トラで通りかかったので、「涼しくなったら、伐採してほしい木があるので一度下見に来てくださ〜い」とお願いする。ちょうどよかった。


庭の草取り。

いちじくが袋ごと鳥に千切られたようで、袋だけがポトリと庭に落ちていた。

昼食後いつもの椅子でうつらうつらして、目を覚ますと目の前に木と空。

今年〜来年はスローライフ。ゆっくりと過ごそう。けっこういつも急ぎ気味だったから、と思う。

温泉の帰り、駐車場に落ちていた銀杏《ぎんなん》を20個ほど拾う。これから時々、つまみにいただこう。

夕食は、ごはん、みそ汁、赤モーウイとツナサラダ、なす、人参《にんじん》、とうふ、ちりめんじゃこのふりかけ。

みそ汁はこのあいだ作った味噌《みそ》で。甘くてすごくおいしいんだけどこれは本当に味噌なのかな？　本当に発酵しているのだろうか。単に大豆と塩と米麴《こめこうじ》のペーストのような気もする…。

9月13日（金）

ヘチマを絞ってトロトロを集めて煮沸して漉《こ》して化粧水を作る。

ヘチマは半分に切って日に乾かす。

畑からゴマを採ってきて乾かす。


バッグ型コンポストが届いたのでさっそく野菜くずを入れる。成功しますように。


まな板。

オリーブの木のまな板を愛用していたら、だんだん反ってきて3ミリほど中央がへこんできた。これではうまく切れない。

どうしようと考え、カンナを買って削ろうかと思いつく。いろいろ調べたらちょっと大変そう。で、紙やすりのサンダーがあったことを思い出し、外に機械を持ち出して削ってみた。薄く削れるけど3ミリはさすがに削れない。

反対側は少し出ているのでそっち側を使うことにしようかな…。

ある程度やってあきらめる。

洗って、油を塗って、台所でじっくり眺める。触ってへこみを確かめる。

うーん。


温泉へ。

ヘチマを半分に切って乾かしてると水玉さんに話したら、ああ…切らない方がよかったのにとちょっと残念そう。背中を洗うには長いままが使いやすいんだって。

えっ！　しまった。

次にもし機会があったらそうしよう。確かに切ったのはもったいなかった。


水風呂《みずぶろ》に入っていたら、「ここに来るの1年ぶりよ」と言う方が入ってらした。

そして「ひざの手術、したの」とひざを見せてくれた。

少し話して、出る時に「お大事に～」と伝えたらにっこり笑ってた。

かえりに今日のつまみの銀杏を20個拾う。クマコに話したら、「どうぞどうぞいくらでも」って。

夜。やっぱりカンナがほしいなあ。出ているところを削ってみたい。

9月14日（土）

朝いちでホームセンターにカンナを買いに走る。
そして、使ってみた。
やはり難しかった。刃の調整とか。あとオリーブの木ってすごく堅いし。
でもまあ少しはサンダーで削れたからいいいか。

9月15日（日）

早朝、なんとなくグミの木のシュートの剪定をし始めたら汗びっしょり。
まだまだ暑い。
朝のお茶。桑とメヒシバを交互に飲んでいて、今日は桑の葉。メヒシバの方が好き。
晴れたので洗濯をして外に干す。まだ地面は濡《ぬ》れている。
今日は日曜日。
映画「アグリーズ」。ネトフリのトップに出ていたので見たら、ファンタジーSF

だった。途中で挫折《ざせつ》。飛ばし飛ばし見終える。点数はもういいか。「うーん」で伝わるか。

「デリヴァランス―悪霊の家―」。実際にあった話みたい。悪霊にとらわれた家族の話。これも途中で挫折。

メモに書いてあるタイトル数が多いので、10分ぐらい見て引き込まれなかったらどんどん見るのをやめよう。映画には好き嫌い、合う合わないがあるから。

ただ最後まで我慢して見て、結果、よかったということもある。でもそこまでやるとだんだん見ようとしなくなるかもしれないので、ここは心を鬼にしてバッサバッサと切っていこう。

9月16日（月）

休日。買い物に行ってから、庭のつるを取っていたら腕にチクッ！

虫に刺されたかも！

あわてて家に戻る。

雨が降ったり晴れたり、蒸し暑い。

「ワールド・ウォーZ」。ブラピ主演のウィルス感染映画。うーん。

引き続きブラピの流れで「セブン」。ずっと前に見たけど忘れたので。
ああ…。思い出した。

9月17日（火）

畑へ。
草刈り機で草を刈る。そろそろ大根の種を蒔《ま》こうかと思うけどこの暑さ。
来週、雨が降りそうなのでその直前に蒔こう。
温泉へ。
銀杏はもうしばらくはいいや。

9月18日（水）

王座戦2局目。
去年仕込んだ嫌気性ぼかし肥料の袋を開けたら強いアンモニア臭がした。失敗だ。
糠《ぬか》をまぜるといいかもと聞いたので糠をもらいに行こう。
それから西洋ニンジンボクにまた黒い毛虫がついて、せっかく出始めた葉っぱを食べ尽くそうとしていた。殺虫剤を買ってこよう。

行ってきました。

精米所で糠をもらい、ホームセンターで殺虫剤。また味噌《みそ》を仕込もうと思うのでスーパーで麹《こうじ》を買う。

外はまだとても暑い。

さっそく殺虫剤をシューッとまいたら、風が強くて、あっという間になくなりそうだったので途中でやめた。

味噌を仕込む。今回は豆の量が３００グラムなので前回の１・５倍。全体の量が増えて潰《つぶ》すのが大変だった。次は２００グラムにしよう。

9月19日（木）

今日、大根の種を蒔こうと思ったけど小雨がパラついている。明日《あした》にしよう。

降ったりやんだり＆蒸し暑さでなんともやる気が出ない。

ピンちゃんから電話。

今、ニゲラさんちにぶどうを買いに来ていて、売り物にならないぶどういる？　って。

「いるいる」


畑で空心菜とゴマを収穫していたらまた雨。

あわてて逃げ帰る。

そこへピンちゃんがぶどうを持ってきた。シャインマスカットとひとつぶがびわのように大きいぶどう。

今年はもうぶどうは買わないつもりだったのでうれしいプレゼントだ。フレッシュなうちに少し食べて、残りは冷凍しよう。

庭と畑をぐるっと見て歩き、近況をポツポツと話す。


温泉へ。

サウナに入っていたら外から大声。

どうしたのかと思ったら、脱衣所と温泉をつなぐ空間に小さなヘビがいたと笑いさんが教えてくれた。15センチぐらいの小ささ。

へえーっ。私が前に温泉で見たヘビより小さいね。

そのあと、水風呂《みずぶろ》に笑いさんと入っていたら、縁の石の上を動くものが！

4センチぐらいのムカデだった。キャー。

笑いさんが手桶《ておけ》で叩《たた》き殺してくれた。

暑さのせいだろうか。生き物いきいき。


夜は、どうにかうまく使いこなしたいカレースパイスにまた挑戦。いろいろ入れて、わりとおいしくできた。これなら食べきれるかな。まだあと50回分はありそう。

大量のものは本当にもう買うのはやめよう。

9月20日（金）

このところずっと「甘み」について考えている。

甘いものって自然界には本来、少ないものだろう。

子どもの頃、花の奥にあるほんの少しの蜜《みつ》を吸ったけど、本当にちょっぴりだった。1ミリぐらい。

蜂蜜は自然かもしれないけど、自分で蜂蜜を採取するなんて怖くてとてもできない。

あと、キビ砂糖の思い出。

小学生の頃、母がサトウキビの搾り汁をストーブの上で何日もかけて煮詰めて、やっと鍋《なべ》の底にトロトロとした状態に凝縮されたころ、鍋ごとひっくり返してダメにしたことがあり、とても残念だった。砂糖を作るのにも手間がかかる。

果物にしても、イチゴもりんごもぶどうも昔は今のように甘くなかった。

甘い砂糖やチョコレートがたやすく買える今って、すごいというか、なんというか。

いろいろ考えていて……。

手に入りにくいものは、少量だけ摂取するようにしてみようと思い立った。

ココアやチョコレートのような輸入品、品種改良された甘い果物、ケーキなどは本当に思いがけないプレゼントとか貴重なものという位置づけにして、たま〜に食べるだけにしよう。

それも必然的に出会った場合のみ。簡単に店で買うのでなく、人からいただいたとか、その出会いに納得できる理由があった時にだけ食べることにしよう。

砂糖壺《つぼ》は仕舞って、料理には使わない。

甘いものをあまりとらない実験をしよう！

あ、去年作った梅のシロップ煮はまだひと瓶あるからあれは食べてもいいことにする。厳密になりすぎず、できるだけ減らすという意識でやっていこう。

…と考えて、2週間ほどたちました。

意識して砂糖を使わないようにしていたら、それで平気になった。

そう。甘いものを減らすことにはすぐに慣れた。

かえって素材本来の味を味わうことの方に興味が傾き、楽しくなった。

もっと続けて、どうなるか知りたい。


昨日また思いついたんだけど、「物を（すぐに）買わない実験」をしてみたい。

今までの人生では、研究と称して何でもポンポン買ってきた。まだ使っていないものがたくさんある。死ぬまでに使い切れないかもしれない。

とりあえずこれから半年、物を買わないでいてみよう。

ここでいう物っていうのは、服とか、電化製品とか、台所用品とかです。物づくりの素材や今どうしても必要なものはＯＫとする。

急いで買う必要のないものはリストアップしといて半年後に改めて考える。

ひとりという今の環境は実験向きなので、やりたい実験をどんどんやっていこう。

家族が同居していたり、デパ地下の上に住居があるというようなかつての環境だったらまずできないだろう。

本当に楽しみ。

さて、朝、畑で大根の種まきをしていたら、ひげじいが通りかかった。

あら、ひさしぶり〜！

長く立ち話する。生《な》り始めたへちまの話、さつま芋の話、温泉の話。

「暑い夏は何をしてたんですか？」と聞いたら、「ボランティアでやってる堤防の草刈り」って。へえ〜。

そして今日も二日酔いだって。

「来月から始まるワクチンを打つの？」と聞いたら、「もう打たない」と言うので、「うん。打たないでね」、「ありがとう」。

ひとしきり話して、「じゃあ、また〜」。

映画「パーフェクト・ケア」。有料だったけどロザムンド・パイク主演なので楽しみに見た。けっこうおもしろかった。

9月21日（土）

今日は小松菜の種を蒔《ま》く。雨が降る前にササッと。

草を払いながら歩いていたら、うん？　草の中に…きゅうりだ！

地面で大きくなってた。形は変だけど。初めてできた今年のきゅうり。うれしい。

いつもの椅子に座って庭を見ていたら、何か黄土色の動くものが見えた。

あ！　イタチ。目の前をササッと横切って行った。

ふうむ。急いで庭に出たけどもうどこにもいなかった。昨日は見たことのない黒猫が木の下に寝ころんでいた。


午後は将棋のＪＴ杯。

きゅうりとワカメの酢の物を作る。

映画「エコーズ」。催眠＆ホラー。１９９９年の映画で画面も古い感じだったけど、なんとなく引き込まれて最後まで見る。最後まで見たってことは、少しおもしろかったということ。

9月22日（日）

今日は大雨。

蒔いた種の上を刈り草でカバーするのを忘れた。しまった。雨で流れてるかも。

傘をさして庭を回っていたら、またあの黒猫がいた。近づくまでじっとしている。

近づいたら、ひらりとフェンスを飛び越えて行った。

「フレンチアルプスで起きたこと」。

スキー場でバカンス中、夫がとっさにとった行動で妻の心にわだかまりが…。夫婦間のよくありそうな話。映像がスッキリとしていてきれいだったので、たらたらと最後まで見てしまった。

「デリシュ！」。宮廷の料理人の話。これはおもしろかった。景色もきれいで。おもしろいと書けるのは30本見て1本ぐらいかも。がんばって見続けよう。

9月23日（月）

裂織《さきおり》アーティストの動画を見た。大阪に住む男性。シックですばらしい服だった。ほとんど全てを自分ひとりでされていて、とても静かな世界。綿の種を育てて布を織り、服をつくることもされていた。

今日も庭に猫がいた。黒猫ではなく、三毛猫。近頃また猫が活動しはじめてる。涼しくなったせいかな。

畑を見に行ったら、大根や小松菜の芽が出ていたけど、まだ弱々しい。ちょっとスカスカにまきすぎたか。

夕方、しげちゃんのところに寄って少しおしゃべり。それから温泉へ。
水玉さんが、2〜3日前から頭が痛いのであさって病院に行ってくるという。3カ月ぐらい前にアリの行列を追いかけて頭を郵便受けにぶつけたけどそのせいかも、たまに痛くなるから、と心配そう。私も気になる。

「65／シックスティ・ファイブ」。SF。ジュラシック・パークみたいだった。

端切れを蜜《みつ》ろうで固める蜜ろうエコラップを作る。アイロンを当てていたら蜜ろうがクッキングシートからはみ出してちょっとあわてた。17枚。ちゃんと使えるかな。

9月24日（火）

夢を見た。私にとってはとても恐ろしい夢。子猫を4匹も飼うことになった夢。トイレシートを買いに行かなきゃと思っていた。目が覚めて、本当にホッとした。

庭に出ると、すがすがしい朝。やっとだ。

ああ〜、いろいろやることがいっぱい。

昨日の夜、携帯にプロバイダー乗り換えの勧誘の電話が来て、とても不愉快な気持ちになった。

「以前契約をさせていただいたソフトバンクですが料金がお安くなるプランが出ましたのでちょっといいですか」と聞かれて、「…はい…？」と答えて、話を聞いていったらソフトバンクからじゃなくて他の会社で、乗り換えの勧誘だった。で、なんかおかしいと思って断ったら、「あなたがいいと言ったんですよ」だって。

その言葉に異様なものを感じて即切ったら、折り返しかけてきた。切っても切っても、5回も。こわ〜。すぐに着信拒否設定する。

050から始まる番号だった。知らない番号からの電話には気をつけないと。本当に、電話は急に来るし相手が見えないから怖い。

今後はより慎重に。

あまり暑くないのでやっと外の作業をする気になる。

草刈り機で道路沿いの草を刈る。要領がわかってきたので1本コードでもよく切れるようになった。今まで地面から離しすぎていたみたい。

次に、青大根などの種を追加で蒔く。

それから庭に移動して木の下の草取り。


夕方、しげちゃんちに寄って少し話してから美容院で髪をカット。いつも結んでいるので結べるギリギリで切ってもらった。

温泉へ。

サウナで水玉さんと笑いさんと3人だったので、勧誘の電話の話をする。

「あなたがいいと言ったんですよ」のところでみんな、わあ〜って。

私「あまりにも気持ち悪かったからその言葉、すぐにメモした」

水玉「てめえがいいって言ったんだろうが、よりはよかったかもね」

私「…うーん。そうかも」

今日も温泉にお客さんは少なかった。


映画「シャッターアイランド」。レオナルド・ディカプリオ。見るの3度目か。久しぶりに見たらずいぶん忘れていた、こんなシーンあったかな？と何度も思った。

映像がきれいで雰囲気があり、丁寧に贅沢《ぜいたく》に撮影されているなあと思った。

9月25日（水）

結局この世で、自分の人生で安息を得るには恐れを乗り越えることだなと思う。

怖くなって逃げると同じものが新しい形で何度もやってきてずっと挑戦させられる。

乗り越えるか、この戦いは自分のレースじゃないと悟って競技を替えるか。


今日は道路の畑側の草を刈る。

こちらはチガヤが密集していて刈りにくい。一列に植えたコキアも大きくならず、高さ20センチのがたった2本だけ残った。

シソの実がたくさんできたのでシソの実のしょうゆ漬けを作ろう。

庭に移動して、また草取り。


午後、しげちゃんちに寄ったら椅子に腰かけてテレビを見ていた。

いつもと同じ会話を5分ほど。

「痛い？」

「痛くないわよ」

「夜は眠れる？」

「眠れるわよ。みんな元気？」

「元気」

「うちもみんな元気よ」

もういいか…な…。


温泉に行ったら水玉さんは来なかった。病院、どうだったんだろう。

映画はジェイク・ギレンホールの「ミッション：8《エイト》ミニッツ」。これもたしか前に見たことあるけど忘れてたので。けっこうおもしろかった。

9月26日（木）

今日も畑と庭。畑では畝の草整理。

ヘチマが2本、大きくなってきてる。あと2本、変な形のがある。

庭では、草取り。

藍染《あいぞ》めの布で作ったという蜜ろうエコラップを見たらとても素敵だった。しゃれてる。私のはふつうのプリントの布。私もあんなアーティスティックなのがよかったわ。今思うと。でもまあいいか。しょうがない。とにかく使ってみよう。

今日、種子島宇宙センターからH2Aロケット49号機が打ち上げられる。その情報をおととい知ったのでタイマーをかけておいた。

午後2時24分発射予定。

双眼鏡をもって2階で待機。

前に見た時はどの辺にどういう角度で見えるのかがわからずあたふたしてしまったけど、今回はもうわかってる。

なので、その場所を見据えて、スマホでライブ中継を見る。

無事に発射して、10秒、20秒、まだ見えない。

そして、25秒ぐらいたったころ、その場所に白い線が見えた。

あれだ！

双眼鏡を押し当てる。

オレンジ色に光るクレヨンのようなのが見えた！　その後ろを白い飛行機雲が続く。

おお。

ぐんぐん伸びて行く。

見えなくなるまで追いかけた。

20秒間ぐらい見えた。

ああ、よかった。うれしい。とっても感動した。


温泉へ行く前に、たまに行く川沿いの小さな商店へ。おばあさんと息子さんでやっている。このあいだ買った柿がゴマが入っていてとても好きな柿だったのであれをまた買いたい。

このあいだはバラ売りで1個だけ買ったんだけど…。

今日は5個入りの袋詰めにしてあった。

それと、水煮タケノコと、お豆腐と、キハダマグロのお刺身と、サーモンのかまを買う。レジでおばあさんに柿がゴマ入りでおいしかったですと話したら、そのせいかわからないけどレジ前に置いてある手作りからあげ6個入り1パックをおまけにつけてくれた。わあ。ありがとうございます。

前にポテトサラダを2パックいただいたこともあった。


ほっこりとした気持ちで温泉へ。

あ、今日はもうしげちゃんちへは寄らず。時々でいいかなと思って。

温泉に行ったら、今日も人が少なく、ねえさんとあともうひとり。ねえさんと温泉に浸《つ》かりながら、いつもどこで食材を買うかの話。お魚はどこどこでなになにを買う、と教えてくれた。お肉は食べないんだって。

しばらくしたら水玉さんが来た！

どうだった？　頭。

異常なし、だって。

よかった。

「ちょっと心配してた…」と、私にしてはめずらしいセリフ。

夜ごはんは、ワカメとまぐろのゴマ油和《あ》え、豆腐にラー油、さつま芋の茎と空心菜のアンチョビ炒《いた》め（なすのトッピング）、しその実のしょうゆ漬け、きゅうりのぬか漬け、雑穀ごはん。

9月27日（金）

畑と庭仕事。

「ほの蒼《あお》き瞳《ひとみ》」。重厚なミステリー。最初、なんとな〜くチラチラ見ていたらあまりよくわからなくなって、最後まで見てこれはおもしろいのかもと思い、再度きちんと見直した。

「ウーマン・イン・ザ・ウィンドウ」。ミステリー。前に見たことあるなあ…と思いつつ、よく覚えていなかったので最後まで見た。どういうこと？　という緊張感があった。

9月28日（土）

昨日からお酒を飲まないようにしてみたら、夜中でも朝でも目が覚めた瞬間に頭がさえていることがわかる。

畑で、苺《いちご》の畝の草を取り、ランナーの先にできた子株をポットに移す。16株。孫株はできてなかった。

なすがやっとなり始め、かぼちゃとへちまが大きくなってきてる。落花生ももう掘ってもよさそう。

「フォーガットン」。ミステリー。母と息子。

ホーム画面に出ていたのでなんとなく流れで見る。これも、どういうこと？　という興味で最後まで見た。

9月29日（日）

今日もいい天気。

朝、庭を回りながら草取り。

この秋は、つる性植物と国道沿いから移植したあの雑草を撲滅しなくては！　と決意する。

おととしだったか…、秋の夕暮れ、国道沿いにとてもきれいなオレンジ色に紅葉した雑草があったので、思わず根から抜いて庭に移植した。それがものすごく強い草で、庭中に種が飛んで、いまではあちこちに繁殖している。ごわごわしたただの草だよ。えーん。なんで植えたのか。頑強な根っこと強い繁殖力。

午後、落花生をひと株、掘り起こす。

ひとつひとつ切り取って、日に干しておく。

9月30日（月）

朝、燃えるゴミを出しに行く途中、近所の庭をなんとなく見たら、なんと！　数本あった大きくて立派なイヌマキの木が消えていた。

ちょうどおばちゃんが草むしりをしていたので、「あの木、切ったんですか?」と聞いたら、「そう。あの虫が!」と言うので、「私もこの秋、イヌマキ4本、切るつもりなんです」とあの虫の被害をともに熱く語る。ふう。
やっぱりみんな困ってたんだ。

将棋の王座戦第3局。京都のウェスティン都ホテル京都。
見ながら落花生を茹《ゆ》でる。
ブランケット類を洗濯。昨日から大物をつぎつぎと。

落花生、茹であがった。うーん。おいしい〜。これはこぼれ種から発芽したもの。少しでもいいから毎年作り続けたいなあ。

昼。なすを採りに行ってみそ汁のお昼ごはん。
王座戦は藤井王座の勝ち。負けたと思ったら最後でいきなり逆転してすごかった。

10月

不変

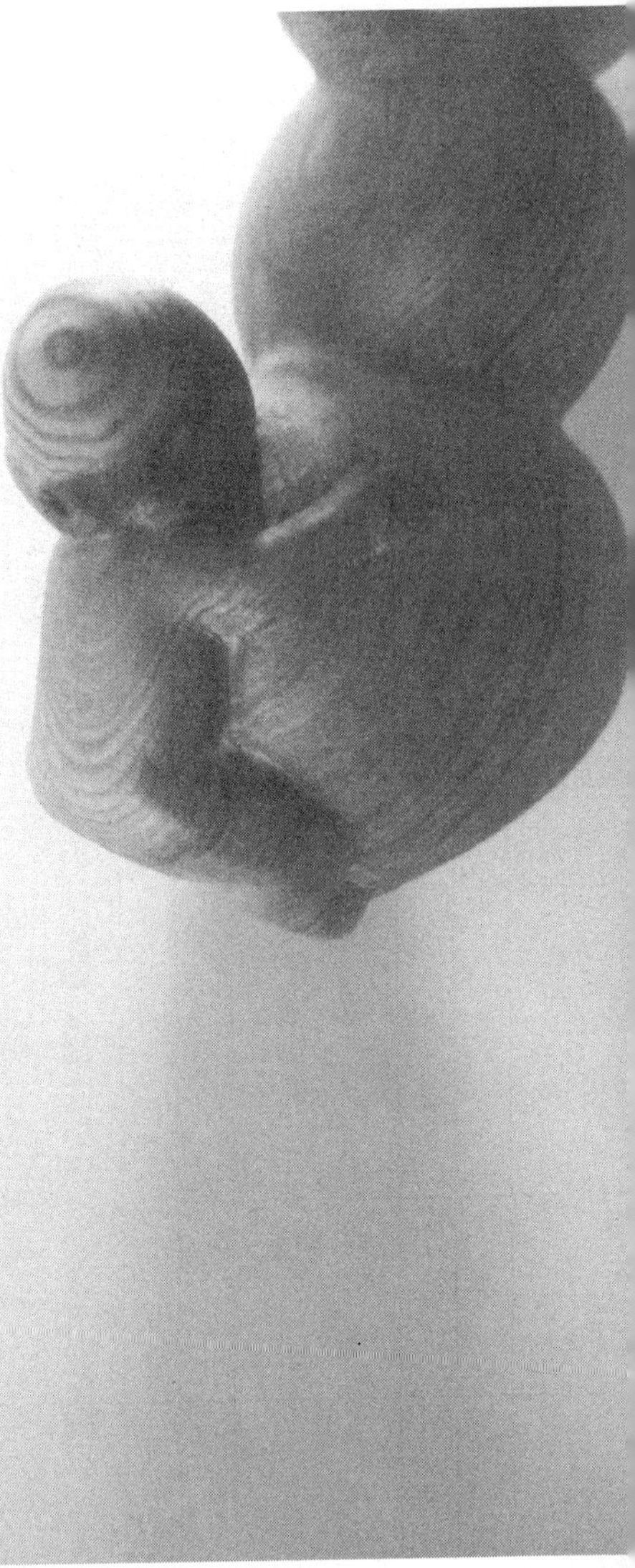

10月1日（火）

数日前の夕方、温泉に向かって川沿いの道を走っていた。ゆるくカーブした道を、植物の緑がきれいだなあと思いながら。

その時に思った。

研究者たちは設備の整った研究室にこもって思うぞんぶん研究に没頭したいと願うだろう。

同じように私は今、邪魔するもののないこの静かな環境で、思いっきり研究に集中しはじめたところ。

研究したいことはたくさんある。心、人間、感情、幸福感、などなど。

そのためにも、まわりから不用なもの、不必要な関係性を取り除いて、クリアな状態を作りたい。

今日もガーゼの肌掛けなどを4枚、洗って干す。

買い物へ。

エリート意識を持つ人たちの傲慢《ごうまん》さというものを、ふりかえって今、しみじみ思う。

あの頃はわからなかった。あの人たちは一般人を見下している。


帰って庭を見たら、洗濯物界で最も悲しい出来事が起こっていた。

物干し台が風でバタンと倒れる、だ。

シーツを2枚干していた台が倒れて枯れた木の葉がたくさんくっついていた。


「落下の解剖学」。ミステリー。家族、夫婦関係。人のネガティブな感情。

カンヌ国際映画祭でパルム・ドールをとったという映画。うーん、特にこれを見逃しても後悔はしない。

10月2日（水）

食事の仕方が変わった。

畑で採れたものや近くで買ったものを、疲れない程の量、気ままに調理する。

たとえば、この人参《にんじん》の極細切りサラダ、なんかおいしくない。

なぜだろう。近くの商店で買った人参だが。味がなく硬い。うーむ。あそこで買うんじゃなかった。朝どれ市場で買えばよかったなあ。

ひとつひとつの食品を味わっていると、素材や調理法によって、おいしい時、おいしくない時がある。

今、食べたものが体を作る、ということを意識して食べていると、おいしいという感覚は重要性を帯びる。

なぜ、おいしいと思うのか。

なぜ、おいしくないと思うのか。

心の中でたどっていき、しばし思いにふける。


今日は雨。

いや～。いいですね。ひさしぶりの雨は大好き。

傘をさして庭を歩く。

ヤマボウシの枝に小鳩が2羽並んでとまっている。おそろいで見るのはひさしぶり。

「小鳩たち！　元気？　元気なの？」と声に出して何度も聞いてみた。

キョロキョロしている。

石垣のところに小さなヘビを発見。30センチぐらいかな。しわしわで、じっとしていたので死んでるのかと思ったら動いた。ここに住み着かなければいいけど…。

「意のままに」。心理ミステリー。前に見たことがあったけど不穏なムードに引き込まれて最後まで見てしまった。B級。

「ザ・メニュー」。見たかった映画。グルメ&サスペンス。おもしろかった。

「ザ・ハント」。庶民を狩るゲームに興じるセレブたち。現代アメリカの分断と対立を風刺した社会派スプラッターコメディだって。最後まで見た。

10月3日(木)

曇り。

そういえば…、マイナンバーカードって10年で更新だとか。

私はいつだろう?

近所の出張所の前を通りかかったので立ち寄って聞いてみたら、来年だった。事前に通知が行きます、とのこと。あの頃、せっかちな性格ゆえ何も考えずにサッと作ってしまったけど今思えばそんなに早く作らなくてもよかったよなあ。こんなゴタゴタ騒ぎになるとはね。保険証の紐《ひも》づけを解除するにはどうしたらいいかも参考までに聞く。

ふれあい市場へ。買うものはないけどひまなので行ってみる。

行きがけ、対向車線になにか動物の死骸《しがい》があった。みんなよけている。

ああ。帰り、この道を通りたくないなあ。

買うものは何もなかったので、帰途につく。

帰りはほかの道を選んだ。堤防沿いの細いガタゴト道で草が左右からのびていて進むのが怖いほどだった。この道、前はこんなに荒れてなかった気がする。

ジンジャーリリー、カラタネオガタマ、ハニーサックルと、いい匂いの花が咲き始めた。ジンジャーリリーの花を摘んで洗面所に飾る。

「BECKY　ベッキー」。家に来た悪者と戦う少女。特におもしろいと思わなかったけどなんとなく最後まで見る。

「REVENGE　リベンジ」。ベッキーのあとに続いて出てきたのでそのまま見る。リベンジする女。戦う。おもしろかった。

10月4日（金）

夢を見た。内容は忘れたけど。

太陽の位置が変わったとアラスカでいつも太陽を見ながら狩りをする人が言ってたというが本当だろうか。

終日、小雨。

家の中でこまごまとした作業。

買い物へ。買ってきたおかきでおやつ。数種類のおかきが小袋に入ってるやつ。

郵便受けに封筒が。

来年の二日市《ふつかいち》の出店の申込書だった。数年前に出店したので送られてきたみたい。

中を見てみる。来年の出店の範囲が描かれた地図もあった。今年よりも少し広がってる。

温泉へ。

サウナで水玉さんと笑いさんと二日市の話をする。

「私は今年、仏像を買ったんだよ」と、買うまでのいきさつをおもしろおかしく話したら笑ってた。あと、ローストチキン、鶏《とり》の丸焼きだと思って買ったら鶏刺し用の生の地鶏だったこと。

「心の中でキャーキャー叫びながら解体したわ」

「キラーヒート　殺意の交差」。ノワール・ミステリー。B級っぽかったけどギリシャのクレタ島の景色が気持ちよく、見続ける。この主人公の探偵、誰かに似ている。「(500)日のサマー」のジョセフ・ゴードン＝レビットに似ている…と思っていたら、そうだった。

10月5日（土）

今日から竜王戦。相手は佐々木勇気《ささきゆうき》八段。これは楽しみ。

アンモニア臭がするぼかし肥料に米ぬかと水を加えて混ぜておいたのを、思い出して見てみたら白カビが発生していて、触るとほんのり温かい。発酵しているのかも。よく混ぜて、ふたたび寝かせておく。

午後、畑に夕食用のなすを採りに行こうと道に出たら、向こうからセッセがやってきた。日課のジョギングのよう。

ワクチンはどうなった？　と聞く。

しげちゃんもセッセもできたら打たないでほしいと前にも言ったけど、もう一度言っておく。しげちゃんが打つ場合は連絡があるはずだけどまだとのこと。

墓じまいをしたいとセッセが言い出したので、今度みんなが集まった時にでも話し合おうということに。

出汁《だし》をとったあとの昆布を冷凍しておいたのがたくさんたまったので佃煮《つくだに》を作る。酢を入れるとやわらかくなると知ったので酢を入れた。やわらかくはなったけど昆布の佃煮はあまり好きじゃない。でも捨てるのももったいないし。お醬油《しょうゆ》とみりん。薄めにしたらなんだか味がぼやけてる。なので生姜《しょうが》や梅干し、カツオブシをどんどん入れたらますます中途半端に。

夕方、温泉の前にしげちゃんちに寄る。毛糸を編みながらテレビを見ていた。ちょっと話して、寝てばかりいたせいか足が痛いそうなのですこしだけ部屋の中を歩く練習。確かに、ひざが痛そう。これはもう長くは歩けないかも。

温泉に行って、封じ手に間に合うように急いで帰る。佐々木勇気八段の封じ手。今日の対局は、両者、刀を構えたままジリジリと数ミリずつ足を動かしているような感じだった。

10月6日（日）

朝食。

昨夜のなすの味噌《みそ》炒《いた》め、水なす、冷ややっこ（シラスとしその実）、昆布の佃煮、みそ汁（なす、玉ねぎ、油揚げ、大根のまびき菜）、玄米、ぬか漬け（きゅうり、なす、人参《にんじん》）。

畑になすしかないのでなすが多い。

自分で作ったごはんは食べたあと苦しくない。いやな気持ちがしない。

将棋を見ながらゴマのごみ取り。毎年竜王戦を見る時はいつもこの作業。今年で3年目。

藤井竜王が勝った。佐々木勇気八段が思う存分マイペースでさしていておもしろかった。本人も「悔いはない」と。昼食も二日ともハンバーガーを食べてたし、おやつのシュークリームは4回も。たのしそうだったので感想戦まで見る。

「美しい湖の底」。静かな田舎町の事件。真剣に見ていなかったのであまりよくわからなかった。でも落ち着いたテンポで見やすかった。

「悪夢は苛《さいな》む」。これは奇妙な映画。わかりにくい。けど、なんだか心惹《こころひ》かれて最後まで見入る。独特の雰囲気があった。

10月7日（月）

〇〇な人、と思い込んでいた。思い込みすぎていた、と思った。

おもしろい人、不思議な力がある人、魅力的な人、など。

私は思い込むことが多い。思い込みすぎることがある。

そしてやがて、あれ？　と思い、そうでもなかったか…と思い直す。

そして静かに照れ笑い。


スマホに「柿柚子《かきゆず》の作り方」という動画が出てきたので見てみた。ふむふむ。こういう料理があるのか…。今度作ってみようかなあ。

するとその下に1982年、札幌《さっぽろ》の真駒内《まこまない》屋外競技場で開催された松山千春《まつやまちはる》のライブで歌われたという「長い夜」の動画が出てきた。

うん？　と思って見てみた。途中、歌いながらにこっと笑って歩いてるところがとてもよかった。松山千春の特にファンというわけじゃなかったけど、ヒット曲はだいたい知ってるので、続けて「銀の雨」や「季節の中で」を聞いてみた。

歌がうまいなあ。

歌って、その歌が生まれた時に、その歌手が歌い、その時の自分が聞いている、というのがいいところ。その臨場感はそこにしかない。同じ時代を生きる醍醐味《だいごみ》だ。


曇り。灰色の空。

朝、燃えるゴミを出して、近所の庭を眺めながら（あの切られた立派なイヌマキの切り株を道からじーっと見た）トコトコ家に戻る。

うちの庭に足を踏み入れると、さまざまな色の葉、形の木々が目に入った。

世の中は急速に変化している。

その変化をその都度ちゃんと自覚しないとなあと思った。

ついていかなくてもいい。理解できなくてもいい。ただ変化してる事柄をできるだけ直視すること。


ゴマのごみをぐっと集中して取ったせいで肩が凝ってる。

小さなヤモリがいつも椅子の前のガラスにいるわ。


買い物へ。

最近、健康的な料理ばかり食べていたので急におやつを食べたくなってる。

そういう時は食べるのだ。

このあいだとは別のおかき2種、甘栗、大好きなゴマの入った柿（西村早生《にしむらわせ》）、バナナを買った。

「ワッツ・インサイド」。若者が集まって未来のゲームに興じる。ブラックコメディ。始まりからなんとなく興味を持った。にぎやか。

「リバース」。カルト、洗脳集団に取り込まれる。

10月8日（火）

幸せとは、やりたいことを実行できること。やりがいは、そこへ向かって動いているという実感。

畑で。白菜、ブロッコリー、キャベツの苗を一部、植え付ける。病気のなすの片づけ、大根の芽の手入れ。

しげちゃんちに柿を1個、持って行く。足はまだ痛そう。

温泉では後半、水玉さんとふたりだけだった。サウナに入り湯船にゆったりと浸かる。今日は特に人が少ないなあ。

「Swallow／スワロウ」。豪邸に暮らす新妻の心の問題が美しい画面でつづられていて、最後は力強い気分に。主役の女優が魅力的。

10月9日（水）

問いは段階的にわいてくるので、わいてきた時にひとつずつ解決すればいい。

ずっとやりたかったチェーンソーを使った木の剪定《せんてい》をする。ヒメシャラとトキワマンサク。塀の外に落ちないようにロープで縛って。緊張した。

午後は切った木の枝と葉を小分けする。

この作業は楽しい。

サウナで水玉さんが「道の駅においしいキウィが出てた。中が赤いの」という。

「紅妃？」

「なんだったかな。カタカナだった。いつもの人じゃなくて、○○さんっていう人」

「明日《あした》の朝、いちばんに買いに行く！」

水風呂《みずぶろ》につかる。

ふー。気持ちいい。

私は今日一日、草原をゆったりと流れる大河のように生きれただろうか。

今はそんな気持ちになってる。ゆったりしてる。


「パーフェクション」。天才チェロ奏者たちの話。サイコスリラーなのかホラーなのかわからないけど、おもしろかった。

10月10日（木）

朝が涼しくなった。霧が出ている。

朝早く畑に行って、のらぼう菜の種まき。ブロッコリーの苗の植え付けなど。

キウイを買いに行かなきゃと急いで家に戻る。

車でブー。

あった。これだ。レインボーレッドと書いてある。いつもの紅妃もでていたのでそれも買う。家に帰ってレインボーレッドを食べてみた。見た目は紅妃に似ていて、大きめで、甘かった。

昨日に続き、チェーンソーを使った剪定。カラタネオガタマなど。

午後はまた枝と葉の作業をコツコツ。

10月11日（金）

サクが帰ってくるので空港へ迎えに行く。

お昼時だったので前に行ったお寿司《すし》屋に行ってみた。今度は、あまりおいしいと思わなかった。「これが最後かも…」と言ったら、サクも同意したのか笑ってた。

8月にカーカと行ったジェラート屋さんに行ってから温泉へ。

途中、道を間違えた。私のナビ間違い。で、広い駐車場でUターン。

そこにスナックの看板が出ていた。「雪列車」。この南国で雪列車とはなぜ？　としばし考える。なぜか気になった。

戻る道々。行ってみたかった焼き鳥のテイクアウト。時間がかかるそうなのでもう焼いてあるのを買った。

車の中で、売り場のお兄さんの不親切さについてしばらく話す。腕のいい職人さんで愛想はないけど焼き鳥を焼くのは上手なのかも…とか、いろいろフォローまでする。

10月12日（土）

サクは一泊で阿蘇《あそ》に行ってくると出発した。やまなみハイウェイだと思うけど草原が延々と続く道を走りたいと言っていた。


だいぶ過ごしやすくなったので私は庭の作業を一生懸命にやった。あちこちに増殖した強い雑草をスコップで抜き、ぎゅうぎゅうに繁殖していたノカンゾウを掘り起こして木の下に移植する。

草取りもして、クタクタになる。

夕方、車がないので自転車で温泉へ。堤防を走る。

暗くなる前にと5時半に帰る。

疲れていたので夜8時には眠くなった。


「ロンリー・プラネット」。うーん。

10月13日（日）

今日も穏やかな陽気。

庭の仕事を引き続きやろう。

その前に庭を回りながら今後の計画を立てる。あれもこれもと、やることが多い。

急ごうと思わないように。


サクから、パチンコ屋でトラブルがあって遅くなるかもとライン。

なに？　気になる！　心配でドキドキ。

12時ごろ帰宅。聞いたら、パチンコの玉のカードがなくなって、探してもらったらあったそう。びっくりした〜。


「サロゲート　危険な誘い」。代理母を頼んだ若い女性がヤバイ奴だったという話。

「静かなる恐怖」。学生時代に起こった事件を回想するなんかもわもわとした映画。

ともにB級。

10月14日（月）

朝、サクを空港に送る。

車の中であれこれしゃべりながら。

最近仕事でうまくできなかったことがあったそうで、小さなアドバイスをする。

「うん」って言ってた。


家に戻ってホッと一息。

なんだか気持ちがリフレッシュされている。不思議。なぜだろう？

今日も庭仕事。

ヒイラギモクセイを剪定した。棘《とげ》があって痛い葉っぱをチョキチョキ切って集めたら小山ができた。まだあと半分ある。


「ハウス・オブ・スポイルズ～魔女の厨房《ちゅうぼう》～」。森の中のレストラン。シェフの話。ちょっと奇妙でなんか不思議。おもしろかった。料理系が好きなのかもしれない。

10月15日（火）

畑で落花生の残りを収穫する。

カラスがつついて食べていたようですごく大きな殻が転がってた。いいのを食べられたわ。ヘチマも1本、収穫。ヘチマたわしを作ろう。

暑さが和らいだのでイヌマキを切ってもらおうと剪定のおじさんに見に来てもらっ

たら、あまりにも大きすぎるので業者に頼んだ方がいいとのこと。クレーン車が必要だからって。

そうか…と思い、いつもの造園一家に電話する。

害虫の発生でみんな切ってるらしい。行ける日がわかったら連絡してくれるって。よかった。ついでに大きな木の上の方も切ってもらおうっと。

買い物へ。今日のおやつは九州銘菓「一茶《いっさ》」。子どもの頃からたまに食べていたのでパッケージを見て懐かしく感じて購入。

夜、早めに寝たら夜中に目が覚めた。いつもはたらたらと動画を見てるんだけど充電がなくなったのでひさしぶりにセスの本を読んでみた。

すると、この本を読んでいる時に見る夢はいつもと違う夢です、みたいなことが書いてあって、へえ〜って思う。で、1ページも読まないうちに眠くなったので寝た。

確かに何か夢を見たけど、なにも覚えていない。

10月16日（水）

穏やかな天気。

サクと行った小浜海水浴場。錦江湾の向こうに桜島。この海水がすごく熱かった

小さな苺。虫に食われたところなどをむいて食べてます。おいしい。

桑の葉を天日干しした桑の葉茶。朝の一服。ふーっ。

蜜ろうエコラップを作りました。青色系のハギレで（でもなぜか使ってない…）

9月末の畑。さつまいも、落花生、なす、バジル、じゃがいも…

庭の大木を切ってもらいました(上の方を)。バッサリ! 空が広々。

害虫が発生したイヌマキの木は根元から。3本。クレーンでつって。

ヤマモモの木。大阪万博の太陽の塔を思い出しました。ガジュマルも

小道に石をしきつめました。上にのせただけなので、これからしっかりと

くら木を補修中。すきまに小石をつめたりして。奥の方に小さな菜園を。

薪ストーブ。小枝→中枝→大枝と火を移していく。

ホテルへ。お正月なのに、みんな普段着…。白髪を、帰ってすぐに染めました。↑

里いもをむして、野菜などをつまみに夕食作り。なんでいつもこんなにちらかるの

ムの庭の作業場。椅子にすわって、太い枝、細い枝、葉っぱを分けます。

物置小屋。分別した枝がズラリ。こんなにたくさん、うれしい。

畑と庭の作業をやろう。

あるエクアドル人のパーマカルチャーガーデンのやり方を知ったので、これはいいと思い、真似することにした。それは草の上に段ボールを敷いて土をよくするというもの。段ボールはやがて土に還《かえ》っていく。たまり続ける段ボールを捨てるのがとても面倒だったので一石二鳥だ。

私の畑の周囲にはチガヤのような強い雑草が生えていて、それが侵食してきて困っていた。その境界線に段ボールを敷いていく。

半分ぐらい敷けた。上に土をかぶせる。また段ボールが出たら続きに敷いていこう。


庭に移動して、剪定《せんてい》した木の葉を木の下に敷いていく。小枝は箱に詰める。冬になったら薪《まき》ストーブの薪にする予定。

次にアジサイの剪定。伸びすぎたので短く切っていく。

剪定しながら、退屈しのぎにYouTubeを聞く。

あれっ！

いつのまにか飯山陽《いいやまあかり》と日本保守党《にほんほしゅ》の百田尚樹《ひゃくたなおき》が大変なことになっていた。

飯山陽が、百田尚樹がこんなうそをついたあんなうそをついた、と詳し～く説明している。子どもみたいだ…と思いながら聞いていたらだんだんおもしろく思えてきた。

ふふっと笑いがこぼれる。

もっとやれ。思うぞんぶん。


温泉へ。

ねえさんがひとり。

「ヘチマたわしを外に干してたらかびてしまいました〜」と見せる。使っているうちに白くなるかも…と思って洗っていたら、中から種が4個、出てきた。

で、これを観葉植物のところに蒔《ま》いてみようということに。

最近剪定されてジャングルが寂しくなっていたのでちょうどいいかも。

お湯もかけておく。

「楽しみね」とねえさん。

ねえさんが帰り、ひとり。

サウナへ。

ひとりで
立ち向かう
飯山さん
みなさ〜ん
すごい!
ガンバレー!!

しばらくしたら水玉さんがやってきた。庭の剪定の話、水玉さんが困っている隣の猫の話、今年のお米の価格など、ポツリポツリ。

帰りがけ。空を見たら月のまわりにかさがかかっていて幻想的。

10月17日（木）

伏線を知っているのも
それを回収できるのも自分だけ
自分にしかわからない
だから人の意見を聞きすぎないように

曇り。

ゴミ捨てに行ったらぜんぜん暑くない。

ついに秋がきた！

午後から雨が降りそうなのでそれまで畑と庭の作業をがんばろう。

家からかき集めた段ボールをもって行き、昨日の続きに敷いていく。そして土をかぶせる。いい感じ。

アマゾンでフライパンを注文したのが届いた。そしたら大きさが違っていた。問い合わせて、キャンセルすることにした。運送業者が取りに行くのでラスベガスまで送ってくれとのこと。面倒くさい。まさかアメリカの業者とは知らなかった。

「ミッドサマー」のアリ・アスター監督の「ボーはおそれている」。3時間近い長さで途中ウトウト。演劇の場面が好きだった。

「私は世界一幸運よ」。性犯罪の告発。特には。エンドロールの歌が好きだった。

夜10時。寝ようと思って家の電気を消したら、外がやけに明るい。薄青く。

うん？と思って外を見ると、満月が空を覆う雲の向こうに見えた。雲が流れていて、ふわっと顔を出したり、隠れたりしている。

あまりにも明るいので思わず庭に飛び出す。

雲があるのでかえって全体的に明るく見えたのかもしれない。ランプシェード効果で。

10月18日（金）

私から見ると人々は幸福にならない努力をしているように思える。
明日《あした》から竜王戦第2局なので買い物へ行く。見ながら食べるおやつをいくつか買った。
今日も木の剪定をしていたらあっという間に一日が過ぎた。
温泉に行って、リラックス。
「光の旅人　K－PAX」。ケビン・スペイシー。最終的に、しみじみ。

10月19日（土）

雨だ。ドードー降ってる。雷も。
竜王戦の解説に阿部《あべ》光瑠《こうる》七段。うれしい。痩《や》せて顔が大人になってる。
ちょこちょこ見ながら、保存用の新しょうがのすりおろしをブレンダーで作る。
夜は簡単ニラひき肉餃子《ギョーザ》。ニラを畑に採りに行く。
でもあまりおいしく作れなかった。ニラがあんまり好きじゃないからなあ。

10月20日（日）

竜王戦、二日目。

今日の作業は大もの。ガスコンロの上の換気扇のレンジフード。

大きくて四角いパネルが2枚ある。1枚ずつシンクに移動して洗剤で油を浮かせてゴシゴシ、キュッキュッ。

ふう。終わって、やり終えた感いっぱい。また3年後ぐらいにやろう。


それから庭を回る。1日に何度も回ってる。

大きな木は半分ぐらいに切ってもらって、今後はできるだけ自分で剪定できるようにしたい。そのためにはどうすればいいか。

この木はこうして、この木はこうして…と計画を立てる。

自分ではできない大木のクスノキとヤマモモは人にやってもらうとしても、せめてクレーン車を頼まなくていい高さにしてもらおう。

チェーンソー。もうちょっと大きいのがほしいなあ…と思う。今持ってるのは15センチ。20センチのがほしい。

畑からなすを採ってきてグリーンカレーを作る。グリーンカレーキットがもうあと一袋しかない。また注文しとこう。たまに食べたくなるから。

竜王戦は佐々木勇気八段が勝利。おもしろくなってきた。

映画はブラピの「ファイト・クラブ」。ずっと前に見たけど忘れたので。解説も読んで、ふむふむ。こういう映画はまったく興味ないなあ。でも映像は細かい部分まで凝っていた。

10月21日（月）

今日はいい天気。朝がすずしい。

ラスベガス行きのフライパンをＤＨＬが11時までに取りに来てくれるので、それを渡してから電気屋さんへ行く予定。

パソコンのメールで使ってるアウトルックをうっかり新しいのに切り替えたら毎回サインインを要求されてとても不便になったのでどうしたらいいか聞きに行く。

11時になってもＤＨＬが来ないので、紙に「すみません。用事で出かけます。こちらが荷物です」と書いた紙を張りつけてインターホンの前に置いておく。

電気屋さんに行って担当の方に話したら、新しい機能が必要なければ前のに戻した方がいいですねと言われて、まったく使わないので戻してくださいとお願いした。下手に触ったのがいけなかった。変えなきゃいけないのかと思ってしまって。すぐに戻してくれて助かった。


帰りに買い物。

その前に近くの市役所で衆院選の期日前投票に。

水玉さんが「期日前投票がいいよ。投票所の雰囲気が好きじゃなくて」と教えてくれた。私もあの雰囲気は嫌いだったので、近くを通ったら行こうと思っていた。車を止めて、すぐ前に部屋があって、係りの人以外はだれもいなくて、とてもスムーズでらくちんだった。これはいい。

とはいえ小選挙区は選択肢がふたつしかなくてどちらも選びたくない党だった。うう。


それからスーパーへ。海苔《のり》チーズアーモンドのおかきなど。

家に着いたのが12時すぎ。家の前に大きなトラックがとまっていた。

もしや。フライパン？

やはりそうだった。若い方が運転席に座っていて出発するところで、私を見て「O

Kです」という感じに指でまるを作って見せてくれた。
私もそれを見てにっこり。「どうも～」と頭を下げる。

午後は木の剪定《せんてい》を少し。最近は木の剪定のことばかりを考えている。

温泉に行ってリラックス。
映画は「アイズ・オン・ユー」。犯罪スリラー。予備知識なく見始めたらおもしろかった。おもしろいというか、引き込まれた。映像や構成に。新しい映画はやっぱりしゃれてる。監督・主演はアナ・ケンドリック。「トワイライト」シリーズにでていた頃からトム・クルーズに似ていると思って一発で覚えた顔。

10月22日（火）

雨だ！
今日は家で静かにすごそう。
最近、新しい人と交流していないので人間関係のトラブルがゼロ。驚くほど平穏。
これはいい。やはり悩みのもとは人間が連れてくる。

また買い物に行って、今日はキウイ2パックといちじく、あられとおかき、焼酎《しょうちゅう》3種類を買う。最近はシャンパンはやめて焼酎の炭酸割りを料理しながら飲んでいる。黒糖、ライチ、柑橘《かんきつ》、バナナの香りの焼酎などを気分で。


温泉へ。

サウナで水玉さんが「朝、好きな時間に起きられるのが幸せ…」と言っていた。去年まで働いていて今は働いていないので自由に過ごせることが本当にうれしいそう。

私はずっとその気持ち。


「幸せな男、ペア」。既視感を覚えつつ、見る。前に見たかも。

孤独感、頑《かたく》なさ。この主人公の顔を見ていると悲しくなる。

10月23日（水）

相談事について。

相談の難しさについて考えていた。

人はどの人もみんな環境や状況が違う。

なのでひとつの言葉がふくむ意味が微妙に違ってくる。

生まれてから今までの背景まで考慮すると簡単に言葉を使えなくなる。

意見を言うにはどこまで背景を無視するか、どこからを勘定に入れるかという決断が必要で、ええい！　と独断でやるしかない時がある。

なので、相談ってあまり意味がないよなあと思うことがある。

でも、実は相談って、まったく意図しなかったひとつの言葉が相手の腑《ふ》に落ちたり、目からうろこを落としたりすることがある。

心のすき間に言葉がスーッと吸い込まれて、そこにぴったりはまって、ハッと気づく、何かが開ける、大局観を得る、大きく納得する、みたいなことが起こることがある。

そういう方が重要なのかもしれない。

なので相談って意味がないわけじゃない。

大事だ。

白髪染めをやめて2カ月。

なんとなくいい感じのグレイヘアになっていってる。半年ぐらいたったらどうなるか。

今日も剪定作業。

一度はあきらめた大物の木蓮《もくれん》についに挑戦。私のミニチェーンソーで切れるかギリギリと思いながら時間をかけて株立ちの中の1本を切る。

やった！

長さ4メートルぐらいだった。

そのほか気になっていた木も切った。

今日はかなり進んだので満足。

M・ナイト・シャマラン監督の「ノック　終末の訪問者」。出だしから映像がきれい。「終わらない週末」を思い出した。

10月24日（木）

朝。

曇り空のもと、雨が降り出す前に枝から葉っぱを切り取る作業。椅子に座って黙々と。

動画で、鹿児島のお医者さん、森田《もりた》洋之《ひろゆき》先生のみとりの医療の話を聞きながら。

それから作庭家十川《とかわ》洋明《ようめい》さんが五葉松の剪定をしながらお話しされている動画を聞く。

「不要枝というのは一生残るので。払わないかぎりはいつまでも残りますから。最初にこれをきちっと整理することが大切かなあと思います」

「この仕事は本当にいい仕事なので。充実していますからね。自己実現できますから。切れ端を取って、枝葉を透いて、数年先を目安に仕上げていく…。本当にいい仕事ができれば充実した人生が送れると思います」

というようなことをおっしゃっていた。

「本当にこの仕事はいい仕事」と何度もおっしゃるので、私も励まされたような気持ちになった。今、庭木のことをいちばん考えているから。

伸びるままにしていて形が悪くなってしまった木をいったん低い位置で切り戻してもらおうと考えている。できるだけ自分で剪定できるようにするためにも。いつもの剪定のおじさんはいつまでできるかわからないと言うし。

そしたら造園屋さんから電話が来て、イヌマキの伐採に11月あたまの連休に行きますとのこと。うれしい。ついにだ。待ちに待ってた。

ほかの木もできる限り望むようにやってもらおう。やってほしいことがたくさんある。

雨が降り出したのであわてて家に入る。

午後。

雨がやんだのでまた葉っぱ切り。

すると空からものすごい大きな音がしてきた。何かすごいものが飛んでいく音。空を見上げても厚い雲で何も見えない。なんだろう。

初めて聞いた音だ。飛行機でもなく、分厚くて大きいゴーッという轟音《ごうおん》。

温泉へ。

サウナで笑いさんとふくちゃんと話していたら、今、宮崎の新田原《にゅうたばる》基地で「キーン・ソード」という日米共同統合演習が行われているとのこと。F22ステルス戦闘機が新田原を拠点とする訓練に初めて参加しているそう。その音だったかも。

寒くなったのでついにこたつを出す。それと分厚い毛布。

10月25日（金）

「ブラック・ボックス」。ううむ。あんまり…と思ったら、「ブラックボックス：音声分析捜査」と間違えて見ていた！

今日から竜王戦第3局。京都の仁和寺《にんなじ》。


お米が来た！　新米。籾《もみ》で60キロ。

今年は天候がよくなくて全体的にあまり出来がよくないのだそう。それでも値段は上がっている。精米した新米も少しもらったので夜にさっそく食べよう。

ピンちゃん夫婦に庭や畑の様子を見せる。

お米の置き場所はどうしよう。しばらく袋のまま涼しい場所に置いておこう。


プラスチックゴミを2週間か3週間に一度出している。トレイ類が多いのでかさばるわりに重さは軽い。なんかこれ、もう少し小さくできるかも。

で、トレイ類をハサミで小さく切ることにした。専用ハサミをゴミ箱に取り付ける。

どうなるか楽しみ。


びわ茶。乾燥させて、少し炒《い》ってから煮出してみたけど、すごくまずい。私の作り方がいけなかったのかもしれない。あまりにも嫌いだったので全部捨てる。

また十川さんの剪定《せんてい》動画を見て、ふむふむと納得。

「剪定は長い目で。そして観察が大切」

「わかんない時は葉っぱを取るだけというのも方法のひとつ」

「ブラック・フォン」「ステップファーザー　殺人鬼の棲《す》む家」、どちらもホラー、スリラー。どちらも、うーん。

10月26日（土）

曇り。第3局2日目。

庭いじりをしながら対局中継を聞く。

互角が続いていたけど、午後から藤井竜王がだんだんよくなってきた。

庭の大きなヤマモモやクスノキもかなり低く、自分で手入れできる高さにきってもらおうかなあ。まさかヤマモモまでは…と躊躇《ちゅうちょ》していたけど今後のことを考えて。かなりの強剪定になるが、やってくれるだろうか。できれば自分で毎日ちょこちょこ手を入れられるように。人を頼まなくていいようにしたい。

将棋は藤井竜王の勝ちだった。

10月27日（日）

今日も剪定。
「リバー、流れないでよ」を途中まで見てやめた。

10月28日（月）

玉ねぎの苗を買いに行って植えつける。
すごく暑いし蚊にも刺された。ううっ。そこへひげじいがやってきたので立ち話。
来週、庭の木をバッサリ切りますからねと宣言しとく。

「ミザリー」。初めて見た時、すごくおもしろかったなあ。キャシー・ベイツのファンになった。ひさびさに見た。

ナボナの話。
このあいだスーパーに行った時、お菓子コーナーに丸いどら焼きみたいな洋菓子で、あいだにクリームが挟んであるのを見て、買おうかどうしようか迷ったあげくに買わず、おかきで我慢した。

それを見た時に思い出した。似たような形のお菓子で好きなやつ。あれ、なんだっけ。王選手がCMしていたような。なんだっけ。

で、家に帰って、「王選手、お菓子」で検索したら出てきた。亀屋万年堂のナボナ。

そうそう！　これこれ！

商品をじっと見た。季節のナボナだって。今は栗だ。

どうしよう。注文しようか。すごく迷って、いったんはやめたけど、次の日、やはり注文することにした。普通のと、栗と、バタークリームのを2種類。届くのが楽しみ。

10月29日（火）

剪定、仕事、買い物。温泉。

「アイム・ユア・ウーマン」。うーん。

「サバイバル・ドライブ」。うーん。

10月30日（水）

夜中の2時半に目が覚めて、眠れなくなった。お腹もすいている。

どうしよう…。時間が過ぎていく。
結局起きだして台所へ。好きなお皿を棚から出してテーブルに並べてみたり…。
焼き芋を四角く切ってバターで焼いて食べて、読書。
寝たのは6時半だった。

なので寝不足。
天気がいいので布団カバーやシーツなど大物をたくさん洗濯。

仕事も。今はほとりの言葉集をまとめているところ。統一感を持たせて書きなおし、白黒の写真と組み合わせるという計画。
だいたいの選別が終わったので、次は書きなおしだ。集中して取り組もう。

寝不足だったのでやる気がいまいち。
今日はあきらめる。
昼間は暑かった。
「パラレル　多次元世界」。前に見たのをもう一度。そうそう。こんなだった。
「パラドクス」。なにこれ…と思いながら見る。わけわからないまま。終わって、解説を読んで、もう一度サッと見直す。

10月31日（木）

エンドウ豆の種を蒔《ま》く。
庭ではまた木蓮《もくれん》を１本、切り倒す。
「名探偵ポアロ：ベネチアの亡霊」。見ながらウトウト。途中であきらめて寝る。

八月

空と

11月1日（金）

朝、昨日の映画の続きを見る。

昔、ベニスに行った時のことをいろいろ思い出した。嫌なことばかりを。ううっ。つらい旅だった。映画は、最後あたりの子どもの言葉にホロリ。


曇り。

読者の方の質問に答えてユーチューブの動画にアップする。のんびり話すのは楽しい。

そしたら！　今のアプリでアップできるのは1本が30分までだった。50分のを半分にカットするやり方がわからず、なんと2時間もかかった。ふう。

「ナボナ」が来たのでしげちゃんにおすそ分け。足腰が痛いそうでベッドで寝ていた。手をスリスリする。このスリスリ、前回やって、なんかいいなと思ったので会うたびにやろうと思う。3分ぐらいマッサージするみたいにスリスリ。

ひさしぶりにナボナを食べた。感想は、…ふつうだった。

雨は降りそうでまだ降らない。

11月2日（土）

雨。しかも大雨。台風の影響で。

オリーブのまな板。板がそってきて野菜がつながって切れる。ついに限界。で、新しいのを買った。今度のは合成ゴム。さてどうかな。

前回のつれづれで不動明王のことを書いたら、「写真を見て拝んでいます」と言う人がいたので、あわてて不動ちゃんを磨き、「なにとぞよろしく」と言っておく。

今後は頻繁に手入れしよう。

キュッキュッと布でやっとく。

映画は「ハプニング」。うーん。古い映画だった。

11月3日（日）

むちゃくちゃいい天気。

今日は待ちに待った日。

造園一家がイヌマキその他を伐採しに来てくれる。

8時前に来られて、北側の害虫がついたイヌマキ3本の伐採から。

クレーン車を使って、ワイヤーで吊《つ》り上げてあれこれ工夫して切ってくれた。薪《まき》ストーブの薪にできそうな枝は薪用に切ってもらう。

害虫の幼虫がすでに活動し始めていたそう。

私も近くから下草を整理しながら見守る。

切った木の切り株を見て、もう弱っているので切らなくてもそのうち枯れてましたよとのこと。

へえ～っ。そうだったのか。


あっ！　しまった！　忘れた…。

昨日の夜、寝床で、「明日《あした》木を切るから、朝、塩とお酒を庭にお供えしよう」と思ってたのに忘れてた。ああ。

しょうがないから今、心の中でお供えしよう。エアーお供え。

次は、南側の道路沿いの木を順々に半分ぐらいに切っていく。5～6メートルはあったのでかなりの強剪定《せんてい》だ。

切り進むにつれ、庭が明るくなっていく。

ずいぶん茂っていたんだなあ。

そういえば、いつの頃からか庭にコケやカビ、ワカメみたいなのやシダ類がたくさん増えていた。陽が射さなくなったからか……。

「これから陽が入って、今まで見なかった草が生えてきますよ」と造園一家のお兄ちゃんがいう。

そうか……。いつの間にかうっそうとしていたんだなあ。

新鮮な気持ちで庭を眺める。

途中で時間になったので、続きは明日。残り、あと4分の1ぐらい。


ササッと後片付け。外の道路に出たら門の前にポン、ポンと塩が！

造園一家の妹のミサちゃんに、「ねえねえ。これ、塩？　お清めしてくれたの？」

「はい…」と恐縮したようにいう。

「私、昨日、お清めしようと思っていて、すっかり忘れていて、しまった！　と思っていたの。ありがとう！」

「本当は木のところにしたかったんですけど。明日もやっていいですか？」

「うん、うん。ありがとう」

「お酒を飲ませて酔わせて切るんだそうです」

「へえ〜」

よかった。


温泉へ。

サウナで水玉さんに、「今日、ついに剪定。クレーン車でワイヤーかけて大仕事だったよ。一日中動いて私もクタクタ。体が疲れるっていいね。すごい充実感がある。やっぱり疲れるぐらい毎日働きたいわ。最近、疲れるほど動いてなかった」と勢い込んで話す。

充実感って、疲れるほど働いてこそだよなあ…。こういう毎日を送りたいなあ。ホント。ちょっと考えよう。

11月4日（月）

朝、お酒とお塩を庭にパーッとまいとく。

昨日の続きから。

ヤマモモの木。クスノキ。

クスノキを切り始めたら、すごくいい匂い。

南側が終わって、庭の中の枝垂桜、エゴノキ、トウカエデ、ザクロ、ヤマボウシも切ってもらう。

造園一家のおかあさんが切られた木のひとつひとつにお酒とお塩を供えてくれてた。


お昼に終了。

ずっと考えていたプラン通りにすべての木を切ってもらえた。感無量。

みんなで一生懸命に働いた。

私には素晴らしい贈り物のような時間だった。

宝物のように感じた一日半だった。


ひとりで庭を歩いてみる。

わあ。

明るい。

まったく違うところに来たみたい。

ヤマモモは西表島《いりおもてじま》のマングローブを思い出させる。正面から見ると大阪万博の「太陽の塔」にも見える。

空が広くなって、まるで空の上か海に浮かぶ船の中にいるみたい。


温泉へ。

水玉さんと一緒にあがったら脱衣所に笑いさんが来たところ。

水玉さんと私、それぞれに袋に入った生姜《しょうが》をいただく。生姜の収穫のお手伝いに行くと言ってたので、くず生姜をもらったらちょうだいと約束していたのだ。

うれしい。


ふたりでロビーに出たらクマコが作業をしていた。立ち話をする。

睡眠時間を削って仕事をすごく頑張ったのにねぎらわれるどころか心ない一言をいわれたと憤慨している。

「代わりにきっと何かいいことあるよ」となぐさめる。

「うん。ありがとう」

駐車場で水玉さんと別れる。またね〜。

家に帰る途中、空の低いところに細い細い月。

わあ。すっごく細い。

11月5日（火）

家の中から外を見ると、まるで違う場所にいるみたい、とまた思った。
見知らぬ場所に家ごと飛んできたみたいだ。
ものすごい環境と心境の変化。
まだ慣れない。慣れない。頭が真っ白になっている。

庭をひと回り。
これからしたいことがいっぱい。
たくさんの木をバッサリ切ったので数年かけて仕立て直そう。
丹念にひとつひとつの枝をよく見て。

買い物に行って、午後は切ってもらった薪の整理。
幹に生えたコケやシダを落とす。

飯山陽さんと日本保守党の百田氏のバトルが続いてるわ…。

飯山さんの補選の時に百田さんが車の中から区民に向かって大声で歌を歌うのと下ネタを言うのが嫌だったと言っていたけど、確かにそう思うよね。

日本保守党は朝のネット番組をよく見ていた時期があったけど最近の言動を見てすっかり遠ざかってしまった。

立花孝志《たちばなたかし》と齋藤前知事が立候補している兵庫県知事選。どうなるだろう。

11月6日（水）

まだ見慣れない庭を、今朝も歩く。

改めて眺めてみると、今までは庭の半分が木陰になっていたんだなあ。

庭が広々として明るく軽やか。

見知らぬ街に舞い降りたかのようなこの家。

ずっと一生、目隠しのために木を茂らせておくのだとばかり思っていた。

木が茂れば茂るほど守られているようで落ち着くと。それが当たり前のことで、バッサリ切るなんて考えもしなかった。

思えばこの夏。イヌマキに害虫がつき、幼虫が大発生して困り、毎年襲ってくると聞き、ついに伐採を決断。そのついでに他の大きくなった木も上の方を切ってもらおうか…と思い、だんだんに、いや、今後の手入れを考えると思い切ってかなり低くした方がいいかもしれないと考え、このようになった。

災い転じて福となす。

イヌマキに害虫がついたことがやがてこういう思ってもみなかった結果を招いた。

ということは、災いの渦中でも悲嘆に暮れてばかりいることはない、ということだ。

それは幸福の渦中でも同じこと。

つまり淡々と。

いつの時でも過剰ポテンシャルを起こさないように。

11月7日（木）

昨日の夜は何度も目が覚めて、ちょっと寝不足。

今日は苺《いちご》の苗を植え付ける。冬眠前にやっとくといいんだって。

ランナーからのびた子株をポットに移し替えておいたもので元気な苗13個と比較のために買った新しい苗ひとつ、計14個を苺の畝に植えていく。

あ、その前に親株を抜く。これはもう使わないそうだけど捨てるのが忍びなく、隣のいちじくの畝のへりに並べて植え付けた。

黒いマルチを敷いて、穴をあけて苗を表に出す。

苺が地面につかないドーナツ型の道具と簡単雨除《あまよ》けハウスを買ったので、来年はきれいな苺ができるかもしれない。とても楽しみ。
苺こそ自分で作りたい。少しでいい。とてもおいしいから。

市場で昨日お気に入りのパンを見つけたのでまた買いに行く。
あるかな。
あった！
栗の渋皮煮がまるごと入ってる栗あんパン。
ドーム状の空気の入り具合や粒あんの量がいい。
2個買う。

それから新米を精米に。7キロほど袋に入れてコイン精米へ。七分づきにしてみた。

夕方、温泉に行く少し前、水玉さんが明るくなった庭を見に来た。
ほら、と見せる。
明るくなったでしょ、苔《こけ》も少なくなるかも、と話しながら一周。

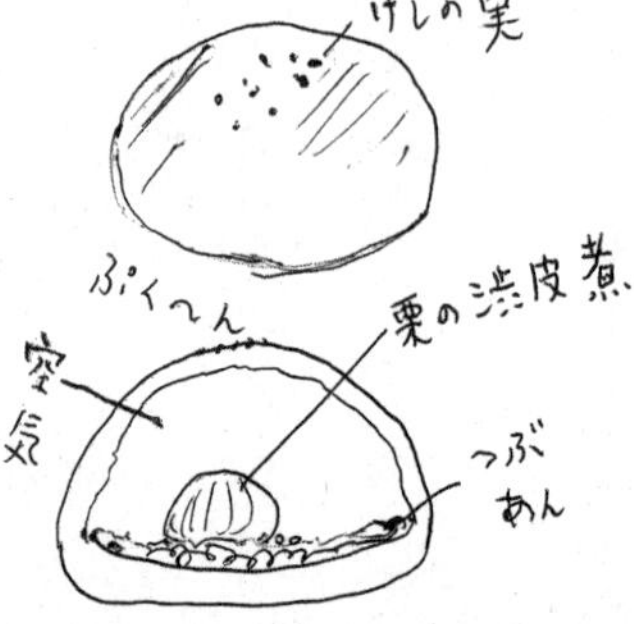

前の薄暗い森のような庭もあれはあれで好きだったけど、もうあの世界は堪能《たんのう》した。これからは軽く明るく、手入れしやすく、暮らしやすさ重視で。

11月8日（金）

畑で草刈りをしていたら有線放送で、「10時から弾道ミサイルを想定した避難訓練があります。聞きなれないサイレンが流れますので…」というアナウンスが。

しばらくしたら、本当に聞いたことのない怖い気持ちにさせるサイレンの音。

「屋内に避難してください」と言う。

変わらず草を刈っていたけど戦争ってこんなふうにして始まるのかな…とちょっと思った。

またしばらくして、「ミサイルは太平洋《たいへいよう》へと通過しました。避難を解除してください」と言う。

この市には山の上に潜水艦向けの超長波通信施設とアンテナがあるので戦争が起こったら真っ先に狙われるかも。日本で最も大きなアンテナだそう。

次に庭に移動して剪定《せんてい》した葉っぱを切る。

アメリカの大統領選でトランプさんが勝ったのでこれから世界がいろいろ動きそう。

映画「ドント・ムーブ」。「サバイバル・ドライブ」と同じような緊張感あふれる映画だった。こういうのはもういいや。

次にマーサ・スチュワートのドキュメンタリー映画「マーサ」。これは興味深く見た。素敵なライフスタイルを創り出した女性の栄枯盛衰。

11月9日（土）

雨のち曇り。地面が濡《ぬ》れているので外の仕事はできない。

チガヤ対策をしようと思っていたけど。

買い物に行って、あとは家の中でいろいろ。

つる性の植物について。

この冬、東側のフェンスに植えた時計草と夏雪カズラは根っこから抜こう。

フェンスに感じよく絡ませたいと思って植えたけど、そこにとどまらず上へ上へとのびてそこら一帯の木の枝に絡んで覆ってしまう。そのことは考えていなかった。

うーん。確かにつる性の植物は限りなく伸びて行く。

庭の真ん中の丸いケーキ型の花壇に這《は》わせたフィカスプミラも、思い通りに覆ってくれたけど今度はそこからまたどんどん伸びてゆき、植木鉢や石をも覆っていってる。

常に剪定し続けなければならないのだ。

つる性植物は止まらない。

放っとくと本当に敷地中を覆ってしまう。

大好きだったピンク色の丸い花の咲くヒメツルソバも今ではできるだけ抜いている。

どんな庭にも変化、変遷、マイブーム、歴史みたいなのがある。

11月10日（日）

雨、曇り。

セッセがしげちゃんを連れてやってきた。明るくなった庭を見せに。

セッセにつかまって歩いているけど、10メートルも歩くと休むという。

かなり歩けなくなっている。

私は、増えすぎたつる性植物の多くをこの冬、根っこから抜くという話を熱心に語る。

バカみたいに挿し木した自分がいけないんだと。

セッセから教えてもらった情報は、先日近くであった火事の原因。猫除けのために庭に置いた水を入れたペットボトルに陽が当たってレンズのようになって火が出たとのこと。

どんよりとした天気で、たまに雨がポツポツ。そのあいまに庭の手入れ。仕事もした。

今日はタイカレーを作ろう。
数日前に10センチぐらいのヘチマが生《な》ってるのを見つけた。あれも入れようか。
高枝切りバサミを持って畑へ。
ねむの木に巻き付いたヘチマを切り落とす。
ポトリ。落ちた。
鶏肉《とり》、玉ねぎ、カボチャ、舞茸《まいたけ》、たけのこ、ヘチマ。これでいいね。

「タイムカット」。タイムトラベル。高校生の姉妹。妹が姉を見つけた時の感じがよかった。
「スマホを落としただけなのに」。サスペンスホラーかと思ったらしみじみ系。

11月11日（月）

今日は仕事をがんばろう。
がんばったら、あの栗あんパンを買いに行こう。

あんまりがんばってないけど買いに行っちゃった。

昨日行ったら売り切れだったからまた売り切れだったら困ると思って。

昨日は代わりにチーズパンを買ったらそれもおいしかったので、栗あんパンとチーズパン、それと季節限定のりんご&カスタードのパンも。

最近、ここのパンに夢中。


ああ。今日は仕事も進まず、まったく充実感のない日だった…。

11月12日（火）

今日から3日間は高圧洗浄をする予定。天気と気温を見るとこの3日間がベスト。

庭が明るくなった今、暗かった時に生えたカビや苔を洗い流そう！


一日かけて今日の予定のところを終えた。

中央のタイル、入り口からの上り坂、ガレージの前。

右腕がすごく疲れた〜。

温泉に行ったらサウナに笑いさんがいたので高圧洗浄のことを話す。笑いさんも明日《あした》、コンクリートの黒ずみのところをやってみようと言う。家にあるけどまだ一度も使ったことがなかったんだって。

疲れて夜の9時前にウトウト。

11月13日（水）

今日は渡り廊下とコンクリートの黒ずみ、排水部分の洗浄。苔をスコップで集める。

高圧洗浄をしながらいろいろなことを考えた。

前に、密室で仕事の関係者と20分ぐらい話をして、すご～く嫌な嫌な気持ちになったことがあった。理由を言葉でうまく表せなかったけど、ものすごく嫌な気持ちだった。立場を利用して急に無理な選択をするよう追い詰める…。

いやいや。その選択肢なんか変ですよ。おかしい。話が違う。なのに、その時はあまりにも頭が真っ白になってしまって冷静に反論できなかった。

あれはパワハラとかいじめみたいなものでもあったなと思う。

あのものすごい嫌さ加減。問題点はいろいろあったけどあの嫌さの本質はそこかも。

そしてそれを相手が自覚していなそうってところが最も腹立つ。飯山陽さんの連日の告発を聞いていると自分の過去の体験をポツリポツリと思い出す。

高圧洗浄、終わった。

小道もやりたいけど疲れたからもういいや。このまま器具を出しっぱなしにしておいて時々やれそうな時にやろうかな…。

明日は畑だ。

小道の途中にヤモリかトカゲの死骸《しがい》を発見。怖い。半分にちぎれてひっくり返ってる。この道はしばらく通らないようにしよう。


温泉へ。

笑いさんに、どうだった？　と聞いたら、「やったよ。疲れた～」と言っていた。

私はヤモリの話をする。そのうち何かが持っていってくれるかもということに。

あと、2本ある内の1本のびわの木の葉がすべて萎《しお》れていた話。前に強剪定《せんてい》したから枯れたのか…。

それからこのあいだの弾道ミサイル避難訓練のサイレンの音、聞いたそう。

「本当に聞いたことのない怖い音だった～」と。

「Pearl　パール」。主人公の少女が怖くて気持ち悪かった。

11月14日（木）

朝、庭の散歩。

あのヤモリが気になり、遠くから見てみたらなくなっていた。植木のまわりに突っついたあとがたくさんあったので鳥か動物が来たのかも。


今日は畑の作業。

チガヤが土手から侵食してくるのでそれをどうにかしたい。

畑のはしっこを段ボールと防草シートで帯状に覆って緩衝帯を作った。

それから畑のすみに植えていた酔芙蓉《すいふよう》を掘り起こす。庭に移植する予定。

芙蓉はオクラの葉っぱとよく似ていて、今年芙蓉の葉っぱに葉巻虫がたくさんついて、それがオクラにも移ったから。畑から離そう。

あとニラの方に伸びてきたジンジャーリリーの一部を掘り起こして土手側に移植する。ジンジャーリリーはすごい勢いで増えるので気をつけなければ。

ジャガイモを1本、初収穫する。小ぶりのが7個できてた。うれしい。

さつま芋も1本。今年は苗ができたのが遅くて、しかも小さかったので垂直に植えてみた。斜めに倒すほどイモが細長く、垂直に挿すほど丸くなると聞いていた。そしたらまん丸いのが3個。こんなに丸いのは初めて。やっぱりそうだったんだ。イモのつるもちょっと採って、炒《いた》め物にしよう。

菊芋もそろそろ掘ろうか。台風で倒れたけど1本だけ生き残ってる。来週にでも。最後にヘチマの茎を根元近くで切ってヘチマ水用に容器に挿しておく。大きなヘチマが2本もできて満足。

明日から将棋なので買い物。肉、魚、玉子、果物、お菓子。だらだらしながらのんびり観戦しよう。
いつもこの時季、芙蓉の花がすごくきれいに咲いているところがある。道路沿いにあって、満開だ。あまりにもきれいなので、家に帰ってからカメラを持ってまた行く。大きなピンク色の花々が風にゆれていた。

温泉で湯上り、髪を乾かしながら笑いさんに、「今、ヘアカラーをやめていて、どうなるか実験してるの。3カ月でずいぶんグレイヘアになってきた。白髪が多いところと少ないところがあって、保育園の時にサルにかまれた辺りはそのせいかわからないけど白いわ」と話したら、「へー、サルに？」と驚いたので詳しく教えてあげた。

頭をサルにかまれた私。


「インターステラー」。内容を忘れていたので新鮮に見れた。宇宙や宇宙船の仕組みはまったくわからなかったけどおもしろかった。宇宙ものは現実がちっぽけに思えてくるからいい。

11月15日（金）

雨だ。

昨日のヘチマ水に雨が入ってないかな。いちおう入り口をビニール袋で巻いたけど。気になって見に行ってみた。

大丈夫そう。まだ数センチほどしかたまってない。全体にビニールをかぶせておく。

周囲を見ると、葉が萎れて、地面に伸びていた茎から浮かび上がってきたものが。

あれ？

ヘチマができてる。

わりと大きくて、しかもこれからまだ大きくなりそうなのが2本もあった。さわるとやわらかい。ちょっとまだヘチマ水を採るのは早かったか…。

竜王戦、第4局。大阪府茨木《いばらき》市にて。

終日、将棋を見たり庭を見たり。トロトロと時間が過ぎていく。

庭が明るくなったので、その明るさに似合うような銅葉や銀葉の低木をカタログでじっくりと眺める。

うーん。これもいいかも…と見ているうちに欲しいものが増えていく。

夜はカレー。前に大量に買って失敗したと思ってる業務用みたいなルーで。でもまあまあおいしい。

「評決のとき」。若いマシュー・マコノヒーが素敵だった。

11月16日（土）

今日も雨模様、将棋の続き。

炊飯器とオーブンで干しイモを作る。

時々、ドーンという音がして家が揺れる。自衛隊の演習場が近くにあるから今日は演習の日かも。

　将棋は藤井竜王の負けで2対2のタイに。次の対局が楽しみ。

「マイ・インターン」。このところ過去の高評価映画を見直している。これだとはずれがないいと思い。

11月17日（日）

晴れ。

明日《あした》から寒くなるそうなので今日が最後の暖かい日かも。

朝食は、のり玉子焼き明太マヨネーズ、豚汁、七分づきご飯。

庭にまた動物が来て地面を掘っていた。あちこち穴だらけ。大きな石がいくつもひっくり返ってる。アナグマかな。

麻ひものネットでは防げないようなので金網を買いに行こう。

ホームセンターで1メートル四方の金網を購入。

並んでいたケルヒャーの高圧洗浄機を見る。今のは重すぎるので次は軽いのにしたい。コンパクトなサイズのがあった。次はこれにしよう。

帰りにしげちゃんちに寄る。セッセと庭にいた。

歩く練習をしていて、数メートル歩いたら休んでいた。座っていると元気そう。

畑にヘチマ水を取りに行く。５００ミリリットルのペットボトル２本分とれた。薄く白濁している。顔につけてみた。かなり水に近い。

兵庫県知事選、齋藤元彦《もとひこ》当選。応援がすごかった。当選しても冷静に見える。

「世界一キライなあなたに」。これも高評価だったので見てみた。なるほど。確かに。最後に、前にパリ旅行で宿泊したルーブル美術館周辺が出てきたので地図と照らし合わせながらじっくり観察した。

11月18日（月）

今日はさわやかないい天気。
今後１週間が今年いちばんの気持ちのいい日になりそう。

庭のアナグマの穴を足で均《なら》しながら歩く。
すごい数の穴が掘られていた。金網で麻ひもネットを補強する。
何もする気にならないので今週はのんびりする週にしよう。

さわやかな日々を満喫。

11月19日（火）

朝一番でアナグマチェック。

金網は無事。大丈夫そうだ。

ガレージの戸を開けたらヤモリが私の上にポトッ。きゃあ。これには慣れない。

今日の庭作業。小道を歩きやすくしようと、石を土に埋めて石畳を作る。

石を深く埋めず浅く置いてるだけなので簡単に崩れそうだけど直し直しやっていこう。

平たい大石の上につる性植物を載せて乾燥させている。つる性植物の墓場だ。苔《こけ》もその近くに山状に積み上げた。

小菊コーナーの菊が咲いている。数年がかりでここまできた。

YouTubeで質問に答えていて、子育てについて聞かれたので答えた。

私は子どものもともとの性質をじっくり見てみたかったし、もともとのままで可能な限り育ってほしかったので、できるだけ私や周りのものの価値観を教え込まないようにして育てた。ひとりで子育てしたかったのはそれもある。

ふたりとも「なぜ？　なぜ？」と質問攻めしない性格だったのでよかった。

知らない動物を見守るように、尊重して育てたと思う。

私はこの世界に他に近しいと感じる人がいない。二人の子どもが唯一、好きで、親しく感じる人間だ。

温泉へ。

今日は、ねえさんと呼んでいる70代の方と90歳近い小さいおばあさんのふたりしかいなかった。

お湯につかりながらねえさんとお湯の温度や天気のことなどを話す。役所に勤めていらしたそうで、しっかりとしていて上品な方だ。

ねえさんが帰って、水風呂《みずぶろ》に入っていたら、小さいおばあさんも帰るところで、「冷たくないですか？」と声をかけてくれた。

この小さいおばあさんはいつも息子さんと一緒に来ている。静かで、たま〜に言葉を交わす。胸にペースメーカーを入れてらして、「これをつけてるから長くお湯に入れないんですよ」という。杖《つえ》をついてるけど何でも自分でできている。かわいらしいおばあさん。

アマプラ高評価映画で双子の女性が入れ替わる映画「マイ・ストールン・ライフ」を見た。入れ替わってもさすがに娘は気づくだろうと思うけどそうじゃなかったのでなんかそこで醒《さ》めた。

11月20日（水）

作業用に使っていた愛用の長靴の底に穴が開いたので同じものを新調する。

今日は畑の土手のチガヤを頑張って刈り取った。ふー。腕が痛くなる。

畑で夏野菜の残渣《ざんさ》を刈り草置き場に入れていたら、通りかかったバッハさんが「アナグマ、来ない？」と困り顔で聞いてきた。

「来ます！　このあいだは庭に200個ぐらい大きい穴ができてました。大きな石もひっくり返して」

「でしょう？　うちもすごいの。いやね〜。夜はどこにいるのかしら。いい方法があったら教えてね」

アナグマ、あちこちに出没。

前にバナナの匂いの芋焼酎《いもじょうちゅう》「サニークリーム」のことを問い合わせた国分酒造さんから芋焼酎「安田《やすだ》」発売についての案内が来た。「安田」は〝フレーバー焼酎〟の先駆け的な存在として2013年秋に発売され、今年で12年目。国分酒造の杜氏《とじ》・安田宣久《のぶひさ》の名前をとり、芋焼酎「安田」と名付けました、とのこと。

へえ〜。どんな味なんだろう。15日から発売開始ということなので、湧水町《ゆうすいちょう》の酒屋さんに電話してみた。

ある、とのこと。

で、車で買いに行く。そこまで約20分。近頃は10分以内のところにしか行ってないので私にとっては遠出だ。

ブーッ。

着いた。

いつもの優しそうな痩《や》せた女性。いつも目の下に黒いクマができている。

「安田を…」と言ったら、「ああ」と連れて行ってくれた。新発売らしく丸い台の上に特別な感じに並べられている。ついでにまた「サニークリーム」と、ペパーミント風味のと柑橘《かんきつ》風味のを買う。

地鶏《じどり》の炭火焼きなどを買って、家に戻って石畳作りの続き。

塀の外の剪定《せんてい》も少しする。

なんかまた不在着信が来た。調べたら危ないところだったので着信拒否設定。


温泉へ。

今日はたくさん作業したのでグッと疲れた。

クタクタの体に温泉がじんわり染みる…。今日も人が少ない。

サウナでは水玉さんとふたり。ポツポツ話す。

昨日、研修旅行で阿蘇の草千里《くさせんり》に行ってきたそうで、その話を聞く。お昼は名物あか牛丼というの。おいしかったって。買ったものは漬物。馬刺しは高かったって。

「安田」の味は…、思ったほど柑橘の香りはしなかった。これ、芋と芋麹《いもこうじ》だけでできてるんだって。芋100パーセント。

11月21日（木）

今日は曇り。


今、食の研究をゆっくりやっているところで、出しについて。

私はいりこが苦手だったけど、伊吹《いぶき》いりこの大袋を2袋分、ちょっとずつお味噌汁《みそしる》の出しに使ってみて、そのおいしさがわかり、とても好きになった。

今は近くの鹿児島産のいりこを使ってみている。硬さや味の違いを感じながら。昆布とかつお節はまだこれから。


先日あった兵庫県の百条委員会の内容を突っ込みを入れながら詳しく解説している動画があったので見てみたらおもしろかった。けど、いつものごとく真相はわからない。


家の外壁近くの植栽の剪定をしたり畑の前の土手のシモツケを移植したり。

作業をしていたらひげじいが歩いてきた。

ひさしぶり～としばらく話す。今日も二日酔いだって。


カーカお勧めの「ザ・ハント」を見たら、なんか見覚えがある。

前に見た気がするけど…。あまり覚えてなかったのでザッと見直す。解説も読んで、そうだった、見た、と思い出した。10月2日に見てた。

映画はたいてい飲みながら見ているので覚えてないことが多い。飲みながら映画を見るのは意味ないなあ。

11月22日（金）

暖かくいい天気。

天気予報を見ると今日が高圧洗浄の最後のチャンスかも。

まずホームセンターに行って防草シート、1メートル×10メートルを3本購入。

土手や畑の縁のチガヤ対策に。

それから洗濯物置き場の周囲を高圧洗浄する。大きな庭石についた苔《こけ》を落とそうとしたらバーッと飛び散って体中泥だらけになった。


畑に出て菊芋掘り。

今年、1本だけ生き残った。おとどしも去年も台風で全滅（あ、去年、小さなのが2～3個できてたか）。そして今年も台風で倒れて、1本以外はすべて枯れてしまった。

残った1本は地面に着くほど横になったけど枯れず、そこから上に向いて茎をのばし、花も咲いて今日まで大きく成長した。葉っぱがだんだん紫色になってきたのでそろそろ掘りごろかと。

ちょっと緊張しながら土をよける。白い菊芋が見えてきた。

かなり広範囲に根が伸びていて、たった1本なのにたくさんできていた。すごくうれしい。初めて成功した。

大根も1本、初収穫。細めで曲がってるけど。

庭で石畳の石をきれいに掃除する。ふと腰の道具入れを探ると、剪定ばさみがない。

先が細くてとても使いやすかったやつ。

思い返すと…、おととい土手のチガヤを刈ったときに道具入れがひっくり返って中身がみんな土手に落ちた。

あの時かも。

急いでそこへ捜しに行く。草を上に載せてしまったので捜しにくい。

草をどかしてあちこちさぐったけど、ない。

他のところも捜したけどない。畑も庭も捜したけどない。くすん。どこに？

温泉へ。

今日もサウナや温泉、水風呂《みずぶろ》を行ったり来たり。

サウナで笑いさんに剪定ばさみがなくなったことを話す。

脱衣所でふくちゃんが「昨日、火災報知機を買ってきたけど見つからなくて、『にんにく〜』と叫んだら出てきたわ。あれは不思議だった」と言う。詳しく聞いたら、なくしものを見つけたいときに「にんにく」と叫ぶといいのだそう。

「明日《あした》、剪定ばさみを捜す前に叫んでみよう！」と笑いさんに話す。

「うんうん」

「私はいつも道具には赤い紐《ひも》を結んでるよ」とふくちゃんが教えてくれた。

11月23日（土）

早朝、白い霧が出ている。

気になって気になって、あそこかもしれないという場所に捜しに庭に出る。

シモツケを移植したところ。

捜したけどなかった。ガクリ。

ガレージに行って黒っぽい剪定ばさみ3本に赤いテープを巻く。

家に戻って、「にんにく〜」と叫ぶ場所を探す。やはりお風呂場かな。

大きな声で短く叫んでみた。

最近、元陸上選手の為末大《ためすえだい》のYouTubeチャンネル「為末大学」をよく見ている。

スポーツのことだけでなく物事の考え方など、聞いていて納得することが多い。しゃべりかたも穏やかで聞いているだけでなんか落ち着く。

このあいだふと思ったけど、人生の老後というのか、リタイア後から死ぬまでの期間が本来人として最も幸福な時期でなければいけないのではないか。社会的責任を終え、無理をせず自由に過ごせる。好きなことを誰にも気を遣わずに思う存分にできる。すばらしい期間だ。なのに世間ではそんなふうに思われていない。若い頃と比べて、老後の生活には暗い印象がある。それは自分の思い込みでもあるはず。

みんなで思い込んでるというか。なんか変だなあとよく思う。びっくりグミとドウダンツツジに絡んでいた時計草と夏雪カズラの根を掘り起こす。「ミッション・トゥ・マーズ」。火星探検。終わり方が急だった。

11月24日（日）

いい天気。

塀の外、道路際のヒメツルソバを刈る。それと溜《た》まった土をテミに入れて畑に運ぶ。

庭のことといろいろ。

やることがいっぱいあるなあ。

パッと目に入った場所、気になるところ、あっちへこっちへ、気分よく庭をただよう。

あ、そうだ！　あれやろう。

塀の外、隣の敷地との狭い境目にずっと前に植えた金木犀《きんもくせい》の小さな苗が育って、今では幹の直径が8センチぐらいになって困っていた。このままにしていたらますます大きくなる。そして両方の塀を壊してしまう。

今のうちにどうにかしなければ…と常々考えていた。

掘り起こすのはもう無理。なのでチェーンソーで根元から切って、切り株に先日買った電動ドリルで穴をあけて除草剤を入れて枯らすしかない。

よし。やるか。

まずチェーンソーで地面すれすれのところを切る。すでに20センチぐらいまで強剪《せん》定《てい》していたのでスムーズにできた。つぎに電動ドリルを持ってきて切り株に押し付けてみたけどまったく彫れない。

うん？

何度もやったけど進んで行かない。

ふう。何が問題？

家に戻って、説明書を見てみた。ドリルの回転の方向が逆だったみたい。あと、尖《とが》ったもので小さく穴をあけた方がいいみたいなので釘《くぎ》と金槌《かなづち》も持って行く。

再トライ。

釘を打って抜く。小さな穴ができた。そこへドリルを押し当てる。ブーン。

今度は穴が開いた。

よかった。数個穴をあけて、除草剤を垂らし、ビニールをかぶせて紐で縛り、上に平らな石を置く。

気になっていた大仕事をやり終えて、ホッ。


紅茶をこぼした！

ものすごく濃く出たアップルティーだった。

こたつの天板の上にザーッと。

うわあっ！

あわててティッシュを何枚も使って水たまりのようになった紅茶をしみこませる。

こたつ布団を伝い落ちて白いラグマットに紅茶のシミが2カ所。

ショック。ラグマットをこたつから引き抜いて洗面所でシミを洗う。

とりあえずお風呂場に干しとく。

「バタフライルーム」。老女、少女、蝶々《ちょうちょう》。古臭い画面だったけどなぜか最後まで見る。気持ちわるかった。おどろおどろしかった。

11月25日（月）

朝、ラグマットを外に干す。

今日まで天気がいいみたいなので今日も庭の作業。

ここ1週間、すごく働いてる。体も疲れて手や腰が痛いけどやめられない。

以前むやみにそこら中に植えたイヌツゲかなにか常緑の低木を引き抜く日々。やはり植える時は慎重に。

外のヒメツルソバの続き。少しずつやろう。


温泉へ。

サウナで水玉さんが体格のいい70代ぐらいの方と話してる。

水玉さんが「今日はブルーベリーの剪定をした」と言ったら、その方が「ブルーベリーの木がいっぱいあって、もう収穫が大変だからやめたい」と言う。

十本以上あるんだって。それから、今日も白菜を収穫して肩が痛い。毎日シップを貼ってるけど肩こりが上にあがってきて頭が痛い…とつらそう。

旦那《だんな》さんが白菜も大根も高菜も機械でたくさん植えるのでその収穫が大変なのだそう。

その方が出てから、水玉さんに「あの人と比べたら私の作業なんて豆粒みたい」。

「あの人の作る白菜も高菜もずっしりとしてすごく大きいよ」

「へえ～」

それから眠りの話になって、最近早く眠くなるから夜中に目が覚めてしまうと言ったら、水玉さんは「最近見たいドラマもないし、夜8時すぎになったらあくびが出るので、そしたらリビングの電気を消して、カウンターの明かり だけ点《つ》けて、ゆっくり焼酎《しょうちゅう》の水割りを30分ぐらい飲んでから寝るの」と言う。

「へえ～。リラックスタイムだね。その時になにかおつまみ食べるの？」

「食べない」

なんだかいい時間っぽい。

気温がだんだん低くなって、ここの浴場もひんやりしはじめた。

ここは冬、寒いんだった。

脱衣所で水玉さんと並んでドライヤーをかける。

今日も代わり映えのしない一日だった。でも何か起こったら、この平凡な日々が貴重な宝物だったと思うんだろうなあ…。

11月26日（火）

昨日の夜も目が覚めてしまったので、「インターステラー」の動画解説を聞きながらウトウト。2時間以上もある動画で、寝て起きてを繰り返していたのでどれくらい寝たのかわからない。

でも全部見終えて、面白かった。映画ではわからなかった宇宙のこと、ブラックホールのこと、量子のことなど。

今日は雨。ここ1週間、働きづめだったので休養日にする。

チーズパンを買いに行って、食べながら「ラスト・ムービースター」を見る。

往年のスーパースターで今ではよぼよぼのおじいさんとパンクガール。頑固じいさんが人生を振り返る古臭い映画だなあ、うーん…と思いながら見ていたら最後に泣いた。パンクガールの演技が自然でよかった。

11月27日（水）

曇り。

竜王戦第5局1日目。和歌山城ホール。今、2対2のタイなので今日の勝負は大事。

途中、チョコチョコ庭を散歩。


封じ手前に温泉へ。

脱衣所にクマコが入ってきてフィナンシェを1本、手渡してくれた。指名手配のポスターを貼りに来た警察の人にもらったのだそう。

サウナに、ものすごくひさしぶりにハタちゃんがいたのでうれしかった。

「レディ・オア・ノット」。新着で人気だったのでお城の豪華さにひかれて見てみた。ホラーサスペンスというのか。単純なストーリーであまりおもしろくなかった。

11月28日（木）

今、物置小屋の整理をしている。

趣味のものが埃《ほこり》をかぶってそのままに。シュノーケリングの足ヒレや熱帯魚の飼育キットはもういらないから処分しよう。

めったに使わないペンキ類は中身を確認して固まってるものは処分。

びん類や調理道具で使わないものも処分。使ってるもの、使ってないもの、古いまな板が何枚もある。これももういらないかな。

お花の苗ポットも少なくしよう。

この物置、入り口と奥の窓がガラスなので時々鳥がトンネルと間違ってなのか、ぶつかって死んでしまう。2~3年に1回程度。

なので今は奥の窓に段ボールを立てかけている。それがどうも気に入らない。暗くなるし。

で、安いブラインドがないかな~と探した。ポイントなんかも使ったら3千円弱のがあったので注文した。それが昨日届いたので近いうちに取り付けよう。

あの電動ドリル（ドライバー）を使って。

とても楽しみ。

パソコンのWi-Fiが接続できなくなってる。急に。

スマホの方は大丈夫。なぜだろう…。

パソコンやルーターの電源を入れたり切ったり、いろいろやったけどまだできない。

うーん。

今日は雨模様。そしてうすら寒い。庭を歩く時もフリースで暖かく。

苗をひとつ、レモンライムプリペットを植え付ける。

戻って、パソコンを再起動したらWi-Fiが接続できた。ああよかった。

将棋は4時21分に投了。藤井竜王の勝ち。

温泉に行ける時間だったのでいそいそと出発。

クマコが受付で書類仕事をしていた。最近クマコは辞めたいからなのか挨拶《あいさつ》をしない。

「こんにちは〜」と声をかけても何度か返事がなかったのでもう言うものかと思い、言わないか、他の人がいたらごく小声でもごもごと言うことにしている。

でも、きのうお菓子をもらったので今日は「こんにちは〜」と声をかけてみた。が、やはりなにかの作業中で無言。

む！　と思いながら温泉へ。

浴場が寒い。サウナに入ったら水玉さんと笑いさんがいたので「今日はクマコ、挨拶した？」と聞いてみたら、「しなかった」とのこと。

やはりね。

帰りはクマコの気が向いたら声をかけてくれるが、今日は無言だった。

私がよく参考にしている映画評のおっさんおすすめ「プリズン・サバイブ」を見た。刑務所の話。20分で、もう見るのやめようと思った。悲しくて苦しい。でもなんとなく気になって、時間をおいて気を取り直して見た。わりとよかった。

次に「今すぐ購入：購買意欲はこうして操られる」。Amazon の販売戦略の話。最近はあまり物を買ってないので気楽に他人事《ひとごと》のように見れた。

それからまたおっさんおすすめ「7BOX　セブン・ボックス」。パラグアイ。市場、子供、チンピラ、ドタバタ。ううう…と思いながらなんとなく細切れにして見終えたら、…よかった。

11月29日（金）

曇り。

物置小屋の窓にブラインドを取り付けようかな…。

よし。

必要になりそうな道具をあれこれ準備してとりかかる。窓枠に部品をねじで取り付けようとしたけど窓枠の天井部分に取り付けることになるのでとても難しい。

何度も失敗した。角度的に電動ドライバーは使いにくかったので普通のドライバーで力を入れてうんうん唸《うな》りながら取り付ける。4カ所あったけど2カ所でいいことにする。開け閉めしないのでね。

どうにか部品の取り付けができて、ブラインド本体をはめ込む。

カチリ。はあ〜、疲れた。

小屋内のいらないものの整理を少ししてから買い物へ。

午後はなんとなくだらだらと過ごした。

雨も降りだして、寒い。


温泉へ。

クマコ、今日は玄関の外でおじいさんと立ち話をしていて外の世界に目が向いていたみたいで私が近づくのを見て「いらっしゃ〜い」と声をかけてくれた。

サウナで水玉さんと白菜を作ってるあの働き者の方が話していた。これから帰って春菊を梱包《こんぽう》して明日《あした》の朝に市場に出すそう。

水玉さんが水風呂《みずぶろ》に入りに行って、私と働き者の方のふたりになった。

「痛いところがないからいいね」とその方が私に言う。「私なんて手術ばっかり」と、あちこち指さす。膝《ひざ》、外反母趾《がいはんぼし》、手の親指の付け根。

「わあ…」とただ聞くばかりの私。

サウナから出る時に「もう80過ぎよ」と教えてくれた。たくましい。

11月30日(土)

雨のち曇りのち晴れ。

庭にワカメ(イシクラゲ)がいっぱい。触るとプルプル。気持ち悪い…。地面が乾いたらできるだけ取って捨てよう。


物置小屋の整理の続き。

苗ポット、いつか使うかもと取っておいた空瓶、長靴…。

カーカたちが送ってきた段ボール箱は埃をかぶってる。これらは各人に任せよう。

じゃがいも、人参《にんじん》、赤大根、青大根を収穫。晴れたらじゃがいもとさつま芋を全部掘り上げよう。

12月　よろし

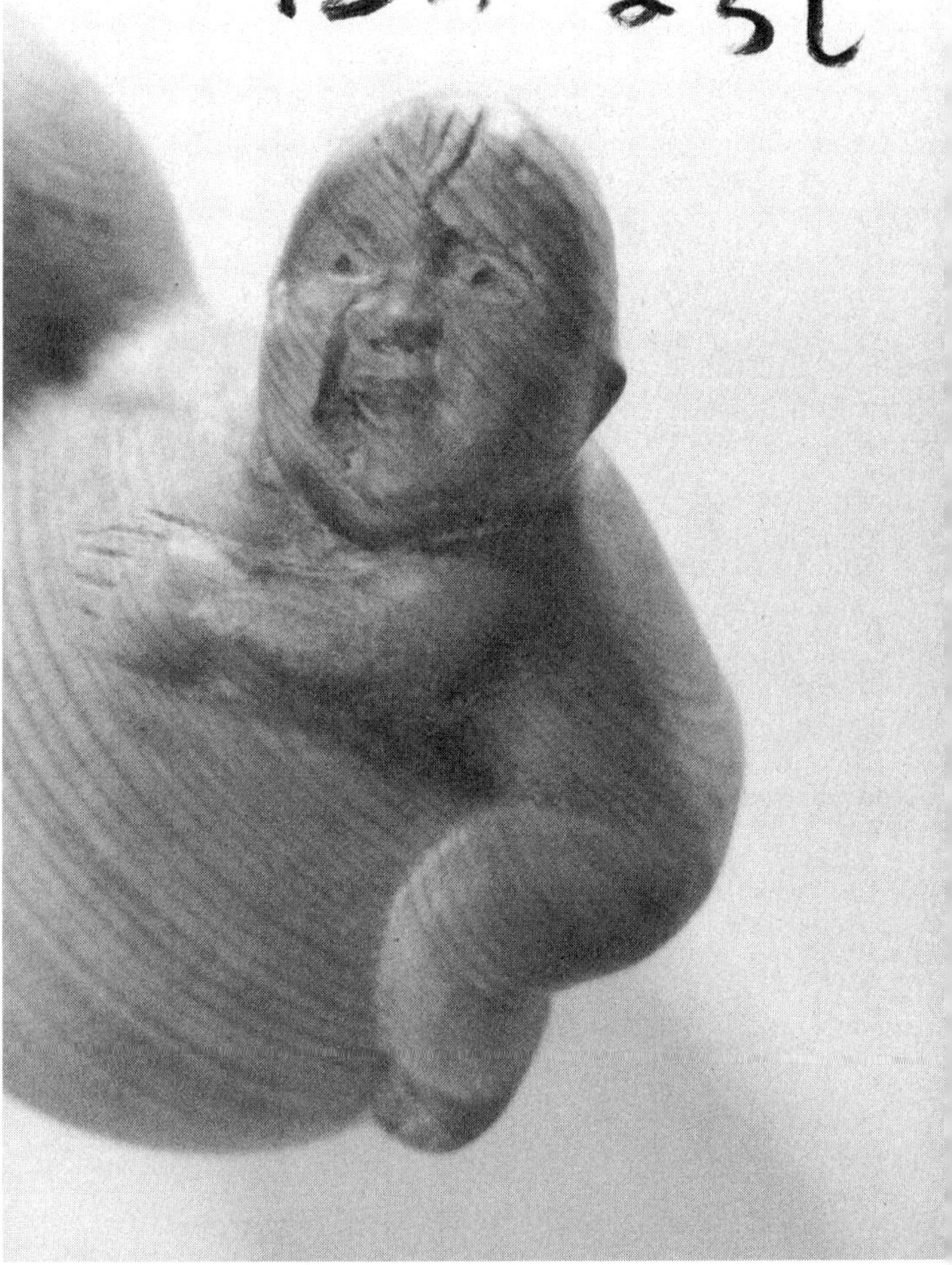

12月1日（日）

晴れ。

今日から12月。

庭のイシクラゲをちょこちょこと拾い集める。

あのぼかし肥料は結局失敗だった。変な匂いのままだったので細かく砕いて土を混ぜて畑の周囲にパラパラ撒《ま》いた。

ディカプリオの「キャッチ・ミー・イフ・ユー・キャン」。見るのたぶん3回目。安心して見れた。

12月2日（月）

晴れて、19度まで気温が上がる予報なので今日が本当に今年最後の高圧洗浄日和かも。北と西側の通路の苔《こけ》を取り除きたい。1時～3時が最高気温なのでその時にやろう。

やりました。3時間ほども。クタクタで腕が痛い。西側はできたけど北側はできなかったので明日やろう。明日も気温が高いようだから。

あまりにも疲れたので早めに温泉へ。

お風呂場《ふろば》で移動するにも「よいしょ」と声が出る。

サウナにあの働き者の方がいた。今日は白菜を出しに行ってとても重かったそう。

その方が出て、水玉さんが入ってきた。

寝ころんでポツポツ話す。

今日はとても疲れたんだよと。それから猪口《いのぐち》議員宅の火事の話。

「あれはちょっとおかしくない？　政治家や大物になると怖いね。私たち狙われないからいいね」と私。

大きな事件が毎日のようにいろいろある。

日本もこれからどうなるかわからない。トランプさんが大統領に就任してよかったけど、日本への要求は次から次とでてくるだろう。日本はアメリカの言いなり…。

世界の不穏な動きを垣間《かいま》見るたび、私は足元を見つめ直す。

この足元をしっかり固めよう。自分の身の回り、半径10～15分の私の環境を大事に整えよう。それしかできないし、それだけしてたらいいんだと思う。

高評価だったので見てみた「ロスト・キング　５００年越しの運命」。史実に基づいた話。イギリスの歴史に詳しくないのであまりピンとこなかった。

12月3日（火）

今日は北側の通路をやろう。

今回ひさしぶりにやって、頻繁に苔やカビ取りをやった方がいいと思ったんだけど、高圧洗浄機、いつも使う時におっくうな気持ちになるのはなぜだろう。やる気になれないのは。

まず、重すぎる。コロコロがついてるけど庭をあちこち移動するときに持ち上げて運ぶことがあり、その時が重い。

10メートルの給水ホースも重い。いつも泥で汚れていて触るのが嫌だ。

給水ホースも高圧ホースもねじれて大変。

昨日は最後辺りでモーターの調子が悪くなったしもう寿命が近いかも…。

もしかすると最近の洗浄機はもっと軽くて使いやすいのではないだろうか？

調べていたら、ワンランク下で力はちょっと劣るけど少し安いのが今、セール価格になってる。これを買いたい。

買おうか。

買った。

気温があがるのを待つあいだ、買い物へ。

ヤリイカの小さいのを買う。大根と煮つけよう。

ガソリンを入れに行く。そして、また忘れた。ガソリンの入り口を開けることを。よく忘れる。「あの～」とおじさんがドアまで言いに来て気づいた。

「あ！ すみません」

そして、「お花どうですか？」と。

このガソリンスタンド、たまにお花の苗をくれる。

「はい」と言って見に行く。数種類のお花の苗があった。

うーん。積極的にほしいのはなく、どれにしようか迷う。決められない…。

「あんまりいいのないかもしれませんけど…。2個でも3個でもいいですよ」と言われたので、白くて小さい花と自分からは絶対に買わないような花と2個、もらった。

庭に植えてみよう。


家に帰って、じゃがいもとさつま芋を全部掘りあげる。

今年のじゃがいもは小ぶりだった。さつま芋はやはりまんまるい。巨大なのが2個あったが、いったいなぜだろう。垂直に植えたせい？

12時ごろ、気温が高くなったので北側の高圧洗浄を開始する。

慣れた手つきでブーン。

あれ？　調子いいぞ。

まだまだこれでいけるかも！　と思ったけど、もう注文してしまったのでね。

苔を取る時は体中に跳ね返りの泥を浴びながら北側をやり終えた。

やった！　スッキリ。


温泉へ。

疲れた体に温泉がジーンと染みる。

サウナにも入る。水玉さんに高圧洗浄機を買った話をする。すこし性急だったかという心の迷いがあるので、その気持ちも。

帰りがけ見た空に細い月。

このあいだの爪みたいなのよりもっと細かった。

私の温泉あがり着は夏服と冬服の2パターン。夏はガーゼのワンピース。冬はオーガニックコットンのトップスとスカート。毎年ずっと制服のように着ている。そのトップスの袖《そで》が破れてきた。新しい似たようなのを探したけど、これ！　というのがない。どうしよう…と思い、ひとまず繕うことにした。

チクチク。袖と、首回り。これでよし。


「赤と白とロイヤルブルー」。あまりにも興味がなく、20分でギブアップ。

12月4日（水）

連日の高圧洗浄で朝、起きた時に指がしびれてる。やりすぎ注意。

今日も天気がよくて寒くない。

外の作業ができそう。

気温が上がるまでホームセンターへ。結局、あのなくした剪定《せんてい》ばさみは出てこなかったので代わりのを買いに行く。芽切り鋏《ばさみ》と呼ばれている鋏みたい。同じものがなかったので、うーん…と迷って、これはどうかなというのを買う。

畑に出て、さつま芋とじゃがいもを掘った畝を軽く整える。夜食べる大根を1本抜いて、小さい青菜を移植。そこへひげじいがやってきた。作業しながらいろいろ話す。

「長居してしまってすみません」と最後に挨拶《あいさつ》したひげじい。こういう礼儀正しいところに好感を持ってる。

土手の階段を補修。

次に塀の外のヒメツルソバの剪定と泥集め。

家に戻って、太陽にあてていたさつま芋とじゃがいもを洗って泥を落とす。

ポット苗の植物を庭に定植。

昼過ぎまでやって、休憩。

そこへ高圧洗浄機が届いた。早っ！　昨日注文した気がするが。

あんパンの軽食。


豚肉のこと。

小学校の給食ですごく嫌な味と匂いの豚肉があった。その匂いの豚肉に人生の中でときたま出会う。先日、めったに行かないスーパーに行って豚バラ肉を買い、しゃぶしゃぶを作ったらその嫌な匂いの豚肉だった。

次の日、生姜《しょうが》焼きなら味が濃いから大丈夫かもと思い、それで生姜焼きを作ったらやはり嫌な味と匂いがした。もうあそこで買うのはやめよう。


大根の葉のふりかけを作ろうと思い、温泉に行く前にちりめんじゃこを買う。ついでにかりんとうやおせんべいなどいろいろ買ってしまった。
温泉は人が少なかった。夕方から急に冷えこんだので洗い場が寒い。
熱い温泉へ。
働きすぎて指や肩がとても痛い。そこに温泉がじんわり染みる。
ふう～。極楽。最高に気持ちいい。
「トランス・ワールド」。まあまあ。

12月5日（木）

今日もいい天気。
気温は13度の予報だけど風がなければまだまだ穏やかで暖かい。外の作業の続きをしよう。やりたいことがたくさんある。

12月6日（金）

今日も庭仕事。
気になっていた一角、玄関わきの草ぼうぼうのところをミニ菜園にしたい。
ネギやシソなどちょこっとしたものを作る場所。波板なども使い、半分ぐらい作った。

花壇の石畳の補修もする。

温泉でじんわり。

帰り際にクマコが優しく声をかけてくれた。帰りはけっこう優しい。ヒマなのだろう。

「パリの調香師」。大人のしみじみ。

12月7日（土）

いい天気が続く。

今日は枕木のミニ補修をしてから、塀の外の掃除。

道路の端っこに土がたまってその上に草が繁殖している。

レーキでほぐして草を抜き、土を集める。最後の方は特に広い範囲に草が生えていた。レーキで「よいしょよいしょ」と後ろにひっぱっていたら、コンクリートの上に生え広がった草が土ごと、まるでロールケーキのように、じゅうたんを丸めるようにくるくると丸くなっていくではないか。

底面は根っこが網の目のようになっている。これはおもしろい。力はいるけど、すごく楽しい。疲れる作業でもひとつおもしろいところがあったら楽しめるなあと思った。

よいしょ
よいしょ
ぐいぐい

根っこ
くるくると
ロールケーキのように

十年以上愛用しているほうきとちりとりのセット。庭そうじや家まわりですごく重宝しているが、ほうきの毛がかなり擦れて短くなってきた。

ああ…。これ、よかったのに。替えのほうき売ってないかな。

ちりとりの裏をみたら会社名があった。小さくて読みにくい。

明るいところでよーく見ると、「テラモト」と書いてある。調べたら大阪の会社で、替えのほうきもある。わあ！　うれしい。

さっそく注文する。

コメントを読むと、みなさんほめている。ディズニーランドでも使われているそうで、そうか！　やっぱりと思った。もしかすると昔、それを聞いて買ったのかもなあ。

温泉へ。

サウナでは水玉さん、笑いさん、ふくちゃんと私の4人。いつものメンバー。

先に出て温泉に浸《つ》かっていたら、ふくちゃんが水風呂《みずぶろ》のふちに腰かけてぐったりしている。

あら？

2分長く入っていてのぼせたそう。いつもは6分を3回入るところを。

脱衣所で髪を乾かしながら水玉さんとふくちゃん大丈夫かなと話してたら、元気に出てきた。今日は早めに上がったって。

赤大根と青大根が採れる季節になった。これで作るサラダが大好き。今日は赤大根、青大根、小かぶ、柿、紫からし菜、生ハムのサラダを作る。

「シビル・ウォー アメリカ最後の日」。アメリカの内戦に興味はないけど、中盤のスローモーションの火花と歌がよかった。撮り方やカット割りがおしゃれだった。

12月8日（日）

今日から気温が一段、低くなるという予報だが。

朝起きて庭をひと回り。夜中に雨が降ったみたいで石が濡《ぬ》れていた。ササッと買い物に行こうと車に乗り込んだら、ちょうど目の前に車が止まって、造園一家のお兄ちゃんと妹さん。家で作ったというお米10キロと昆布をお歳暮にいただいた。わあ、ありがとうございます。

将棋のＮＨＫ杯を見てから塀の外のツタ取りや草取りをしていたら、プッと軽トラが挨拶《あいさつ》して通って行った。見ると、いつもの剪定のノロさんだった。しばらくして、トラックが通りがかり、「ゴミがあったらいれていいよ〜」と言うので見たら、造園一家のお父さんだった。笑って挨拶する。

晴れて、汗が出るほど天気がよくなってきた。

午後は羽生《はぶ》九段対藤井竜王・名人の日本将棋連盟×阪神甲子園《はんしんこうしえん》球場100周年記念対局。

球場の貴賓室で対局があって、スタンドではお客さんが大スクリーンを見ながら観戦している。羽生九段が勝って、みんなのところに来て挨拶。最後に「球場なのでみんなでエールを送りましょう」と谷川《たにがわ》永世名人が躊躇《ちゅうちょ》しながらも呼びかけ、「かっとばせ~藤井」と「かっとばせ~羽生」をどちらも3回ずつ。コメントでは「無茶ぶり」「見ているだけでもハズイ」とかあり、私もドキドキしながら見守っていたら、エールを送られた藤井くんがちょっとうれしそうに笑った顔が楽しそうだったのでよかった。

カーカお勧めの「イノセンツ」を見る。怖く独特なムード。映画ならでは。4人の子どもたちの熱演。

12月9日（月）

寒い。強い霜が降りている。

大阪のおばあちゃん（94歳）が亡くなったのでサクがお葬式に行ってきた。サクにとっては初めてのお葬式。わからないことはパパに聞いてねと。いとこたちとも話せたそう。

そういえばぬか床、しばらく見てなかったなと思い、蓋《ふた》を開けてみたら表面にカビが生えていた。白い膜はいいらしいけど緑や赤のカビはいけないというので緑も含め表面全体を取り除く。

ぬか漬け。私には続かないかもしれない。あんまり好きじゃない。いちばん好きだと思ったのはきゅうり。

今日も天気がいいので昼間は庭仕事。毎日毎日やっている。塀の外、バラの剪定《せんてい》。畑では霜でミニトマトの葉が透明になってしまった。青いトマトを全部もいで持って帰る。

温泉へ。

前にキューピーさんから香港《ホンコン》土産にもらった「活絡油」。すごくスースーする筋肉痛とかにいいという塗るやつ。分厚いガラスの小さな瓶の中に生薬というのかいろんな植物の根などを乾燥させたものが入っていて、それが何年もたった今、焦げ茶色のトロリとした液体になっていてすごく効きそう。
それを仕事部屋で見つけたので持って行く。
で、風呂上《ふろあが》り、肩が痛いと言うねえさんに塗ってあげた。
私も普段届かない背中に水玉さんに塗ってもらう。
水玉さんには肩甲骨、笑いさんには膝《ひざ》。

帰りの車の中ではすごく冷たい風を背中にあびている感じだった。氷を１００個背中につけてるみたい…。

かなりスースーするけどみんな大丈夫だったろうか？

私はその後、30分以上もスースーしていた。氷１００個分のスースー。

青いトマトはピクルスにしてみた。

「15年後のラブソング」。うーん。

12月10日（火）

今日も霜が降りている。

さっき活絡油のことを気になって調べたら、数滴を指先につけて痛いところに塗ってからマッサージするって書いてあった。

あら。手のひらに出して使ったのは多すぎたかも。数滴ね。ふむふむ。

塀の外の蔦《つた》を剪定してヒメツルソバまわりの土を集めていたらひげじいが散歩にトコトコ。

またいろいろ話す。霜の話をしたら、友だちと飲んで夜中の3時ごろ歩いて帰った時にすごく寒かったと。いつも飲んでるひげじい。

そこへバッハさんが通りかかったので木を切って庭がさっぱりした話をひとしきり。

私の庭にはカラタネオガタマの木が全部で5本ある。20年前に家を建てる時、土地の周囲にぐるりと植えた数種類の苗木のひとつ。

枝がぐるぐるに絡んだまま大きくなっているので、今、ひとつひとつ枝抜きをしながらすっきりとさせているところ。こぶのようになっている個所もあり、どの枝を残すか悩ましい。1回で完成できないので何回かに分けて数年かけてシンプルな枝ぶりにするつもり。

温泉へ。

ねえさんに「どうだった？」と聞いたら、今朝がたまで痛みがなくてよかったんだけど効果が切れたらまた痛くなったって。そうか。でもよかった。刺激が強すぎたかもと気になっていたので。

12月11日（水）

曇りのち晴れ。

この冬、初の薪《まき》ストーブを焚《た》く。剪定した小枝も使って。物置小屋で見つけた古いまな板も3枚、持ってきた。

こたつに入って竜王戦第6局を観戦する。恒例の指宿白水館《はくすいかん》。

窓の外に目を向けると遠くに青い山が見えた。栗野岳《くりのだけ》だ。

木を切ってから山が見えるようになった。うーん。いいなあ〜。


ほうきが届いた！

さっそくちりとりに取り付ける。

先の毛だけのスペアもあるんだって。あら。先だけでよかった。次は忘れずそうしよう。

新しいのは毛が長い。でも掃き比べてみたら古いのでも十分使えるわ。かえって毛が短いと芯《しん》に力が入るというか…。そうか。竹ぼうきでも竹の枝の長いものと短いものがあるように、毛が長いの、短いの、それぞれに使う用途があるんだね。どっちも使おう。


こたつのパソコンをつけたまま、将棋中継をスマホで聞きながら庭をひとまわり。

西側の常緑ヤマボウシ。窓の目隠し用に植えたんだけど家に近すぎたので移植したい。窓も高すぎるし。

伐採したイヌマキの辺りに植えようか…。

ヤマボウシの根の張りはどうだろう。考えていたらちょっと掘ってみたくなった。
スコップを持ってきてまわりを掘ってみる。
だんだんおもしろくなって一所懸命に掘り進める。剪定ばさみも使って根を切って。
ぐいぐい動かす。抜けた！
ふう。
続けて、移植するところも掘ってみよう。
剪定枝や葉っぱを積み上げてあるので掘るのが大変。
でもやった。
移植し終え、満足。

将棋の途中、温泉へ。さっと温まって帰る。

12月12日（木）

今日も晴れ。穏やかな青い空。
ずっと作業日和が続いている。
将棋を聞きながらちょこちょこ剪定したり、葉っぱ切りをしたり。

将棋は早い時間に終わった。佐々木勇気八段が投了し、藤井竜王の防衛。4連覇達成。佐々木勇気八段の魅力あふれる竜王戦だった。


青いトマトのピクルス。

味見したら苦くて激マズだったので全部捨てた。

12月13日（金）

曇っていて寒い。

冬は陽が照ってるかどうかで体感が全然違うなあ。

買い物へ。

黒酢で唯一、好きな料理があったことを思い出したのでそれを作ろう。手羽先の黒酢煮。

それと、きのうからなぜかカニチャーハンを食べたい気持ちなのでカニを買いたい。簡単にカニ缶で作ろう。でも缶詰売り場にカニ缶がなかった。残念。

魚売り場に行ったら冷凍のカニの足があった。殻付き。どうしよう。殻を捨てるのが面倒だなあ…。しばらく考えて、やめた。

けど、思い直す。やっぱり買うか。買った。

家に帰って、庭をまわる。

枕木の腐ったところに小石を詰める作業。最近はこの作業をコツコツやっている。けっこうすき間が多くて時間がかかるので思いついたときに少しずつやることにした。

それから畑へ。

土手に彼岸花の葉が目立つ。あまりにもぎゅうぎゅうになっているのでいくつかのかたまりを抜くことにした。ひっぱったらまるまるとした球根がゴロゴロ。

こんな立派な球根、チューリップだったらうれしいのに…。

そこへ軽トラックが止まった。

あ、造園一家のおとうさん。「なんの野菜ができますか？」と聞かれたので、「大根がやっとぼちぼち。あと人参《にんじん》、白菜は3つだけ巻きそうです」と答える。

「白菜、持ってきましょうか」というので、「あ、いいです」。きっと大きな白菜だ。

荷台に高菜が載ってた。「これ、干して塩もみして、漬物にするといいですよ」といいながら一束二束、手に取るおとうさん。

「ああ、いいですね〜。少しもらってもいいですか」

食べられる量だけ、小さいのを3つ、もらった。作り方も教えてくれた。うれしい。高菜を今年は作らなかったから。

茎のところがすごくいい匂い。庭に干しながらクンクン。

曇り空でますます寒くなってきた。

午後は家にいよう。

夜。

手羽先の黒酢煮を作ろうとお酢の一升瓶を取り出したら、黒酢じゃなくて玄米酢だった。うん？　なんで玄米酢なんて買ったのだろう。こんな通好みみたいなの。

とりあえず作ったけど黒酢煮の方が好きだ。

SF映画「オデッセイ」。見るの2度目。マット・デイモン。火星の赤土。

12月14日（土）

今日も曇りがちで寒い。

家でいろいろ。

たまに庭に出て枕木の補修。すき間に石をはめ込む。花壇の近くには石を置く。石と石を組み合わせて、グラグラがなくぴったりいくと満足。

私は今、車で半径15分、いや10分以内を生活圏として暮らしている、と書いた。それより遠くとなると「遠出だなあ」と思ってしまう。

会う人々も偶然会う人だけ。この日々、すごくいい。

なにしろ数年前まで、ずっと他人の話を聞いたりアウェイを研究してきたので、もう人に会いたくないし、人の話も聞きたくない。もうあの気まずくて居心地の悪い社会勉強に行かなくていいと思うと、心底うれしくホッとする。

これからは自分の好きな環境でじっくりとひとりでできる研究に没頭したい。

庭や畑だけにいるからといって研究が終わったわけではない。

観察する部分が変わっただけ。ここで発見することは多い。というか、より深くまで行ける気がする。


畑や庭の作業用の帽子。

ずっとモンベルの山登り用の日よけ付きハットを使っているが、ついにてっぺんの部分が薄くなって破れてきた。一度糸で繕ったけど布自体が薄くなっているのでまたすぐ破れた。

どうしよう。同じものをまた買おうか。それとももう一度、今度はあて布をして繕おうか。

そうしよう。Tシャツの端切れを丸く切り取って、てっぺん部分全体に縫い付ける。

それから破れた部分をチクチクと行ったり来たりしながら補修する。

いい感じにできた！

「フローレス　トラウマを抱えた女」。Ｂ級っぽかったけどなんとなく興味を惹《ひ》かれて最後まで見てしまった。

12月15日（日）

今日は将棋のオールスター東西対抗戦２０２４ 決勝戦。お昼から夜まで開催される長いイベント。楽しみ。

あいまにお隣との境目にあるカラタネオガタマの剪定《せんてい》。隣の敷地に落ちないように気をつけていたのに、高いところの枝を枝切りバサミで切ったら隣に落ちてしまった。

どうしよう。フェンスがあるので取りに行けない。

ううう…と困っていたら、時々ゴミ収集場で会うお隣のおじちゃんが落ち葉を掃きに出ていらした。

「すみませ〜ん」と声をかけて拾ってもらう。落ち葉と一緒に捨てておきますと言ってくれた。よかった。

将棋のイベントはトークショーがおもしろくて、思わず1本だけとっておいたシャンパンを開けて飲みながら楽しく見る。

夜はカニチャーハン。イベントをみながらカニの身を殻から外しておいたので面倒くさくなく作れた。


日本映画「怪物」。うう…。見るのが苦しくて30分ほどでギブアップして「ブリジット・ジョーンズの日記」をチラ見。時間を空けてから再度続きを見る。やはり日本の映画はあまり好きじゃない。暗く悲しい気持ちになる。

「ディナーラッシュ」。2回目。あんまりおもしろくなかった。

12月16日（月）

寒いけど陽が射すと気分が明るくなるよ。

子どもたちがお米を送ってと言うので精米しに行く。

自動精米機にお金を入れる。200円。出来上がるまで待つ。精米って面倒だなあ。

来年はもう普通の白米をその都度お店で買ってもいいかなあ。

年金請求書の書類が届いたので提出しよう。来年から国民年金をもらえるんだ。年に六十数万円って。どうだろう、この金額。

年金書類の提出とお米を送りに行く。

いつも人のいないのが長所の近所の出張所に行ったら、提出は誕生日の1日前からだそう。来年の3月だ。

なんだ…。書類を見てもらったら、書き方をあれこれ市役所に電話で問い合わせしてくれて、時間がかかった。とにかく来年ね。

お米は明日《あした》とあさって、それぞれに届くそう。

温泉へ。今日は話す人がいなかったので早めに帰ったら明るいうちに帰宅できた。

温泉から家に戻ったこの瞬間が1日の中でいちばん好き。

なぜだかすごく幸せを感じる。

1日を、まるで一生を過ごすように生きている。

毎年注文する手帳を注文するのを忘れていた！　すぐに注文する。同じ型の色違い。

12月17日（火）

天気がいいので洗濯ものがよく乾きそう。
遠くの山には雪が積もってる。
薪《まき》ストーブで焼き芋を作ったらかなり大きいのがとてもよく焼けた。
お昼の鯖《さば》の西京漬けをグリルで焼いたら火力が強かったようで表面の皮が黒コゲ！
コゲたのが皮だけだったからよかった。

なんだかまた家の中に物が増えつつある。これはどうだろうと比較のつもりで買う商品が増えたからだ。

物置小屋のまわりのコンクリートの上の苔《こけ》を集めてゴミ袋へ。苔が乾燥してスコップでザーッと集めやすくなっていた。

「テレビの中で光るもの」という本が好きだったという方から「最近はテレビで好きな番組や人はいますか？」と聞かれた。
10年ぐらい前からテレビはだんだん見なくなって、今ではほとんど見ていない。

今テレビを垣間見《かいまみ》ると、この中はとても狭い世界で、強く管理されていて、出てくる人々の言動と自由は制限されていると感じるので、テレビタレントに対する興味も失った、みたいなことを答える。

昔、テレビは知識と情報と夢と憧《あこが》れがつまった節度ある宝箱のように見えたが、今はさまざまな欲望と偏向報道と既得権益で塗り固められたゆがんだ黒い箱に見える。

サウナで水玉さんが「今日、犬が死んだからお墓を掘って埋めた」という。

「前にも犬が死んで埋めたって言ってたけど、まだいたの？」

「うん」

「何歳？」

「15歳ぐらい」

穴の大きさを決めるために犬の長さを測ったりしたそう。名前は「チャンス」。

「セキュリティ・チェック」。人気だったので見る。気楽なエンタメ映画にホッとする。

12月18日（水）

曇っていて寒い。
外に出る気がしないけど、朝恒例の庭をひとめぐり。
ついでに苔取りなどをやる。
今、庭には3カ所、作業場がある。
物置小屋の前に剪定枝の山と椅子と剪定ばさみ。ここで葉っぱを取る。
枕木花壇のところでは小石を詰めて枕木の補修。
そして庭石のところには苔袋。ここに苔を取っては入れる。
どこもすぐには終わらないので気が向いた時に毎日ちょこちょこ、時間をかけて。

パジャマについて。
今はガーゼのパジャマを着ているが、これは寝返りをうった時に生地が伸びないのでたまに背中とかが突っ張る。毛玉もたくさんできてるし…。やはり伸びる綿のパジャマにしようかな。ヒマヒマに探してみよう。

デイヴィッド・リンチの「マルホランド・ドライブ」をひさびさに。何度見てもよくわからん幻のような映画。解説ブログを読んだけど検証する気にもなれず。
サクから家族ラインがきた。
サク「あまろっくっていう邦画を見て本当に面白くなかったんだけどレビュー見たら思ったより評価高くてびっくり、そういう時あるよね」
私「あるよ。赤と白とロイヤルブルーっていう映画が評価高かったから見始めたけどあまりにもつまらなくて途中でやめた」
カーカ「カーカは、最近見た評価高いのに面白くないの、ソフト／クワイエットってやつ、びっくり」

12月19日（木）

寒い。
ゴミ出しして、畑を見に行って、モグラの穴を踏む。あちこちぼこぼこ。
庭に戻ってちょっとだけ作業。
陽が射してきたら暖かくなってきた。
またうっかり変わったものを注文してしまった。写真がおいしそうだったから。豚の頬肉を塩漬けして熟成させたイタリアの伝統的な生ハム、グアンチャーレ。1キロも。

カルボナーラにいいんだって。塩味が効いていて脂がおいしいそう。ちょっと炒《いた》めて食べたら確かに香辛料が効いていて野性的な味。紐《ひも》でぶら下げていたらしく肉に穴が開いて紐が通ってる。小分けして冷蔵庫に保存した。ただちょっと…、私の苦手なあの豚肉の味がする気がして嫌な予感。もしかすると食べきれないかも。

「マディのおしごと　恋の手ほどき始めます」。ジェニファー・ローレンス主演なので我慢して最後まで見たけどおもしろくなかった。

12月20日（金）

朝、マイナス3度。この冬、一番寒い。

ストーブを焚《た》いて、庭をひと回り。霜が白く降りている。

買い物に行って、玉子、おいしいと聞いたみかん、マフィンなどを買う。

車のキーの電池がなくなりかけているのかも。時々作動しない。

いつものところへ髪をカットしにいく。だいたい3カ月か4カ月ごとに行ってる。おひとりでやってらして、だれにも会わず、洗髪もしないのでパッと行ってパッと帰れるのがいい。

結べるギリギリの長さに。

切ってもらいながら、美容師さんとポツポツ話した。

野菜作りのこと。いろいろやったけど結局、少量でいいんだと思ったということなどを話したら、「すごく楽しそうに話されていて、充実した生活ですね〜」と。

温泉のサウナでは野菜を作ってるあの働き者さんとふたり。

最近よく一緒になる。

週末にあるお孫さんの餅《もち》つき行事の話など。地区の小学生は4人しかいなくて…っていろいろ話してくれておもしろかった。この方は本当に思っていることを話されるのですごく…らく。人と、人間と、じかに話している、と感じる。

数日前にキッチンの調理器で指を怪我してしまった。それが直ってきたのでうれしい。気をつけよう。

夜中、2時ごろに目が覚めて、それきり眠れない。

起きだして庭に出て歩いたり（まだあまり寒くないわ…）、シンクの皿を洗ったり、大根葉を炒めたり、階段の拭《ふ》き掃除をしたり、いつもなら面倒くさいことも黙々とこなす。なにしろまったく眠くない。

まあ、こういうのも変化があってよしとする。

12月21日（土）

ゆっくり起床。

天気、よし。今日は何もやる気、なし。

一日中のんびりして温泉へ。

今日は冬至。

受付で「ゆず湯ですよ〜」と言われたので「そうだった」と楽しみに浴場へ。

うん？　ゆずが見えない。

よ〜くみたらすみっこにポコポコと浮かんでる。全部で20個ぐらいだろうか。

今年はあまり実がならなかったと聞いたけどそのせいか。

数年前、ものすご〜くたくさん浮かんでいたのを思い出す。確か収穫コンテナ２つ分。２００個ぐらいはあったと思う。

まあでも、近づくとほのかにゆずのいい香り。

12月22日（日）

昨日が冬至で昼間が一番短い日。

そして今日からまただんだん長くなるという始まりの日。

その今日に、これから1年の計画を立てるといいと聞いたので、庭を歩きながら考えてみた。

もし母と同じくらい長生きするとしたら、これから30年。その30年を3つに区切って、これからの10年は次の10年のために、日常の動作をより簡単にするために生活しやすくする工夫をする。そのあとの10年は、よりゆっくりと落ち着いて生きる…。次の10年はもういいか。


おやつのマフィンにメープルシロップをかけようと思い、ひさしぶりにメープルシロップの瓶を取り出す。すると、表面にカビが浮いていた。

ああ。前もこんなことあった。どうしよう。

まず、小さな皿に垂らしてみる。そこにはカビがなかったのでいちおうこわごわつけて食べた。それから瓶の中を見ると首の部分にカビが張りついているのが見える。

綿棒を使ってそのカビを取り除こうと頑張った。見えるカビは取れたけど、やはり気持ち悪いので捨てることにした。瓶を洗って、考えた。

たまにしか使わないものは大びんで買ってはいけない。

メープルシロップなんて数か月に1度、使うかどうかだ。小さく小分けしたのがないかな。調べたらあった。ガムシロップみたいに1回分ずつ小分けされたパックが。

これこれ。次に買う時はこういうのにしよう。

寒いので家の中でだらだら。

「胸騒ぎ」という映画。オリジナル版の方。「ファニーゲーム」や「ミスト」と並ぶ胸くそ映画だと映画評のみんなが言ってる。

うーん。ちょっと見てみたいがどうしよう。本当に嫌な気持ちになったら嫌だな。

でも気になる。

で、500円課金して見てみた。

胸くそと言うよりも、じわじわと不穏な気持ちにさせられる映画だった。

私がいちばん胸くそと思うのはやはり「ファニーゲーム」。内容は詳しく覚えてないけど。最初に隣の少年が玉子を借りに来るという、その玉子っていうのがリアルで印象的だった。

温泉へ。きょうもまだゆずが浮かんでた。

サウナに入ったら、水玉さんがひとり、いつものようにうつぶせになって寝ころんでいる。冬至の話から、今朝がた考えたこれからの計画を熱心に話す。

すると、「その10年って区切り、長すぎない？　せめて2～3年にすれば？」と冷静に言われてハッとした。

「アハハ！　そうだよね！　10年って、10年って」と、自分でもなんかうけた。

そのあと、水玉さんが出て、笑いさんが入ってきた。

さっきの10年の話をしたら笑いさんも笑ってた。

それからあの生ハム、グアンチャーレの話をして、小分けしたからもしよかったら1個持ってくるよと言ったら、もらうって。うれしい。

「カルボナーラにいいよ」と伝える。

デヴィッド・フィンチャー監督の「ザ・キラー」。

見ながら、あれ？　前に見たなと思ったけど、覚えてなかったのでもう一度最後まで見る。ところどころ覚えてた。解説動画を見て、なるほどそういう見方もあるか～と。

12月23日（月）

朝、霜が強く降りていた。クロゼットに毛糸の帽子を見つけたのでそれをかぶってゴミ捨てに。あったかい。

庭の「霜ばしら」という植物の根元にクルンと薄い氷が巻いていた。そういう性質なんだって。それを手で触って壊すのは楽しい。

今日からゆっくり年末の掃除に取りかかる予定。あんまり早く始めるとまた埃《ほこり》がたまるからね。

まず掃除機をかけて、モップ。それから棚の上の埃取り。それを1週間ぐらいかけてやる気が出た時に少しずつ。

昨日水玉さんが「忘年会でふぐ鍋《なべ》が出ておいしかった」というのを聞いて、急にふぐ鍋を食べたくなった。子どもたちが帰ってきたら行こうか。でもお正月だからやってないかも。

ふぐ鍋セットを取り寄せて家で食べてもいいなあ…。

いいのあるかなと調べたら無数にあって、見ているだけで疲れてきたのでいったんやめる。もしまたやる気が出てきたら調べよう。

今日もちょこちょこ苔《こけ》集め、枕木のすき間に小石を2〜3個グイグイ。

温泉へ。グアンチャーレとスパゲティを持って行ったけど笑いさんは今日は来なかった。

野菜を作っている働き者のあの方がお湯からあがった脱衣所で、ふとももにパンツ、膝《ひざ》の上にズボン下、すねにズボンを途中まで穿《は》いて座っていたので、あっ！　と思い、「それいいですね！　一度に引き上げるの」と言ったら、「何度も立ったり座ったりしたくないからねえ」って。わかる〜、その気持ち。

実は私も以前よく、お風呂《ふろ》前にトイレに行った時、ズボンを上まで引き上げるのが面倒で途中まで下げたままヨチヨチ歩いて移動してたわ。それ、子どもの前でやらないようにしていたつもりだったけど、サクが同じようにしているのを見た時は、「あらっ！」と思ったわ。

「チャレンジャーズ」。テニスの男女3人の。役者が誰も好きじゃなかったのであまり興味をもてず、我慢して最後までやっと見る。試合中のテニスボールの視点の映像はちょっとおもしろかった。

12月24日（火）

朝一でふぐ鍋セットを注文した。1月3日着で。フレッシュなのを冷凍しないでチルド状態で届けてくれるというもの。

それからプラゴミを捨てに行く。細かく切ったらどれくらい持つかを実験していて、ついにいっぱいになったので。今までは2〜3週間に1回だったけど、2カ月持った。

今日も畑、庭、塀の外の気になるところをチョコチョコ。

暖かい正午ごろ、庭にしゃがんで太陽を背にあびて苔集め。

敷石のあいだに広がるヒメイワダレソウの下に苔が密集しているので熊手でシャカシャカして、ヒメイワダレソウの長く伸びた茎を剪定《せんてい》ばさみで切る。


温泉へ。

サウナで水玉さんに今朝のプラゴミの話をして、「どれくらいの間隔で捨ててる？」と聞いたら、「捨てない」と。

「えっ？」

「燃えるゴミに一緒に捨ててる。くしゅくしゅって小さくして。洗って乾かさなきゃいけないでしょ？　燃えるゴミで大丈夫だよ。持って行ってくれるよ」

はあ〜。そうか〜。そうだよね。多くなかったら燃えるゴミでもいいよね。私もそうしようかな…。あんなに細かく切るの大変だった…。

笑いさんが来たので、「クリスマスプレゼント持ってきたよ！」と帰りにグアンチャーレとスパゲティを渡したら喜んでた。

「LAMB／ラム」。羊。不思議な映画。

12月25日（水）

今日も苔集め。寒いので外に出ないから同じような日々が続いてる。

スマホをぼんやり見ていたら、「リカバリーサンダル　ウォーム」っていう黒い芋虫みたいなサンダルが人気だという。軽くて暖かい…。ふーん。どういうんだろう。試しに注文してみた。私はどうも体にいい、履きやすいなどというふれこみの履物、サンダルに弱い。今までいくつ買ったか…。たいていそうでもなかったわ。

温泉へ。

サウナでたまに会う陽気な人がいて、お正月に子どもたち家族が4世帯帰ってくるというので、どういう食事を作るんですか？　と興味深く聞いた。

おせちは特に作らず、おでんとか鍋とか都度都度作る。前もって作れるもの、昆布巻きとか人参《にんじん》しりしりとかは作って冷凍しておく、と言っていた。

温泉に入ると体が温まるので家に帰って暖房がいらない。

「ブラックベリー」。アメリカの携帯電話。爆発的に売れた後、iPhoneが出てきて衰退したというドキュメンタリー。前のめりに見る。

繁栄と没落。興奮と悲しみ。結局なんでもこういうことだよなあ。

12月26日（木）

夜中に雨が降ったよう。石が濡《ぬ》れてる。

今日もずっと家にいる。

静かだ。

家全体に掃除機をかける。

灰色のものがどっさり吸い込まれた。

おやつに栗のマフィンを食べていたら気管に入ってむせた。ああ、苦しかった。

たまにある。落ち着いてゆっくり食べなくては。

4時になったので温泉へ。

ひとり、サウナに入っていたら水玉さんが来た。

「最近アメリカで未確認飛行物体、ドローンみたいな何かわからないけどそういうのが多数目撃されてるんだって。前に家の庭の上にドローンが飛んでいてすごく嫌だった。すぐ家の中に入ったけど」と話す。

家の上にドローンって本当に気持ち悪い。

水風呂《みずぶろ》に行ったら、いつも人のことをじ〜っと眺めているおばあさんがいて、目があったら話しかけてくるので絶対に目が合わないようにしていた。そのせいで緊張した。

サウナに帰って水玉さんにそのことを話す。水玉さんも知っていた。そうだよって。

あれって性格なのかな。


上がって脱衣所で着替えてたら、いつものオーガニックコットンのお風呂上り着を、間違って下を2枚持ってきていた。スカートとキュロット。

洗面台の前にいた笑いさんにそのことを知らせに行く。

しょうがないので上は着てきた服をまた着て帰る。

今日も穏やかに一日が過ぎていく。

「エクストーション　家族の値段」。うーん。

「運命じゃない人」。2005年の邦画。昔っぽかったけど少しおもしろかった。

12月27日（金）

今年最後の買い物の日。

野菜は少量ながらも畑にいくつかあるのでネギと玉ねぎだけ買った。

苔集め。落ち葉はき。コツコツと。

ヴィム・ヴェンダース監督の「PERFECT DAYS」。役所広司《やくしょこうじ》主演。淡々とした、おしゃれな映画。ヴィム・ヴェンダースっぽさがあちこちに。評判はいいけど好きな映画ではなかった。主人公がなんかキモイ。

温泉へ。

サウナで水玉さんとふたり。

ここ数日、あまりにも同じような日が続いている。話すこともあまりない。なんとなくぼんやり鬱々《うつうつ》とした気分。

静かな時間が続く。

そこへふくちゃんが入ってきた。

近くのだれだれさんがなくなってお葬式があったそう。

ひとしきり聞いたあと、気になって、「お葬式って、いくらぐらいかかるんですか？」と聞いてみた。

段々にあるけど…、だいたい30万円ぐらいからじゃないかとのこと。

場所は？　とかいろいろ聞く。

近頃は新聞にも出さないし、お葬式の看板も前ほどは出さなくなってるそう。

へえ〜。

お葬式のことをいろいろ話して、最後、「やっぱり人とは生きているうちに仲良くしときたいね」と言ったら、水玉さんが「生きてるあいだに楽しまないと」と言った。

お葬式の話をしたら、なんだかスッキリ。

ひとりで水風呂に入りながら、「そうそう。先のことはわからない。今をとにかくありがたく、楽しんで生きるのが大事だよね〜」と気分が転換した。

よかった。

毎日ひやひや。緊張感。せまい縁をそろそろ歩いてる。

よろけないように。どちらかに落ちないように。右も左も深い谷。

12月28日（土）

人には自分が持っているものと持っていないものがあって、持っているものに価値を見出《みいだ》せれば幸福を感じるし、持っていないものに価値を感じれば不幸である。

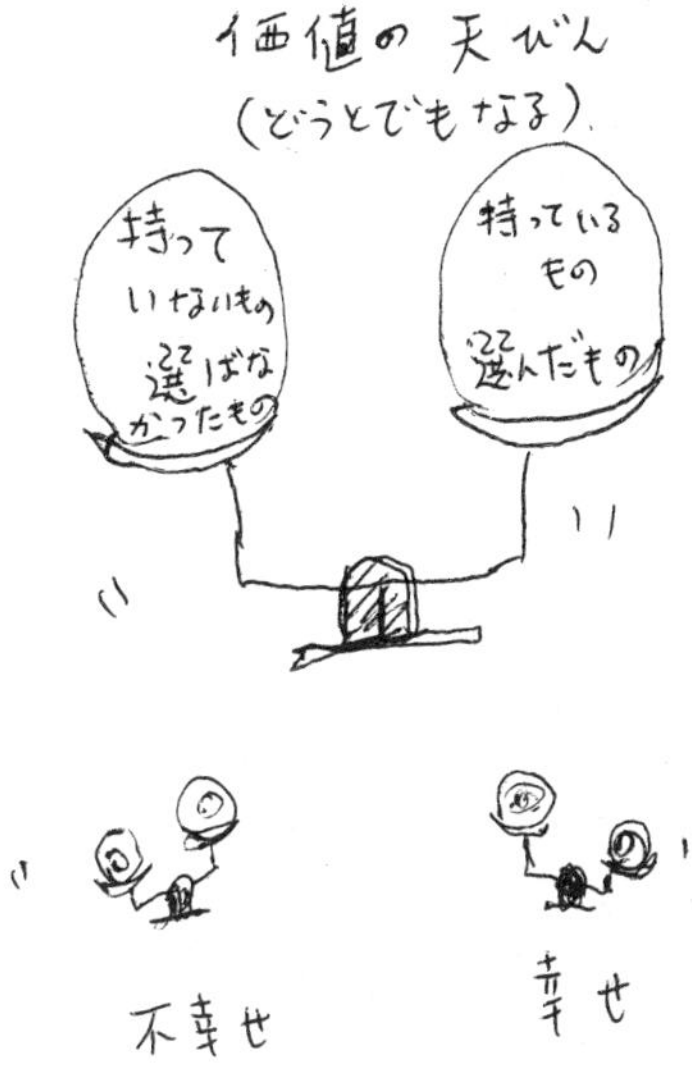

考え方次第で天秤《てんびん》はどちらにも動かせる。要は自分が何をどう価値づけるか。

今日は家のモップかけと棚の拭《ふ》き掃除。

寒い。

温泉でじんわり。

12月29日（日）

昨日突然、パソコンのインターネットがつながらなくなった。

一夜明けたけどまだつながらない。パソコンとルーターの再起動を何度やってもダメ。Wi-Fiの3本線が画面に出てこない。うう…、どうしよう。困った。

と思いながら庭を散歩する。

いや、困らないかな。困らないか…。

このパソコンを買った電気屋さんに持って行ってみた。いつもの担当の方に見せたら、このお店の中ではつながった。ううむ。

「このまま電源をつけたまま家に帰ってみてください。たぶんつながると思います」

「はい」とよろこんでパソコンを持って立ち上がり、ソロソロと出口へと歩く。

「ふたを閉めても大丈夫ですよ」

帰りに水玉さんに「おいしいよ」と教えられたたこ焼き屋さんがあったのでソースたこ焼きを買った。

家に戻っておそるおそるパソコンのふたを開けてみると、Wi-Fiがつながってた。よかった〜。

ホッとしながらたこ焼きを食べる。

パソコンの電源を切れない。一度切ったらまたつながらなくなってる気がして…。しばらくこのままにしておこう。覚えさせなきゃ。つながるくせをつけなきゃ。

温泉へ。うーん。あったかい。

年末なので常連さんだけでなく見知らぬお客さんもちょっとずつ増えてきた。

帰りはホッカホカ。

パソコンの電源を切って寝る。

12月30日（月）

あ、今年最後の燃えるゴミの日だった。と、ベッドの中で思い出す。

急いで出しに行かなくては。袋がいっぱいになっていなかったので昨日取った苔《こけ》を入れる。

トコトコトコ。

あのイモあめをくれた方がいた。ちょっと、童話にでてくる魔法使いのおばあさんみたいだなあと思う。足が悪いみたいなので手伝う。ちょこっと話して、畑へ。

モグラの穴の上を足でちょこちょこ踏む。


パソコンの電源を入れてみる。

ドキドキ。

あ、アンテナの3本線がでた！　つながってる。よかった～。ホッ。


カーカたち用のふとんを干してから、山登り用とスポーツジム用の服を持ってきて床に広げてみる。ここはもう少し厳選できそう。あとで、夜やろうっと。

朝昼兼用の食事。
好きなシェフの動画で見たカレーうどんを作る。おいしくできた。
マイナンバーカード申請用の写真を撮りに行く。
8月から白髪を染めていないのでグレイヘアになっているのがよくわかる。

家に戻ると、ぽかぽか暖かい。これなら畑の作業ができそう。
この冬にやりたかったアスパラガスの植えかえをやろう。
アスパラが曲がって生えてき始めたのでたぶん根詰まりを起こしている。
汗をかきながらスコップで掘り返したら、大きなスイカぐらいの根になっていた。
そのかたまりをよいしょよいしょと20個ほどに分ける。
それを畑のはしっこにどうにか植えつけた。
ふう。
ついでに里芋と小さな菊芋を収穫する。

最近はとても穏やかな毎日。
木を切ってから、今も目の前に青い山が見えるけど、なんだかとても気分がいい。

沖縄の離島にいるみたい。

なんとなく距離を置いた方がいいかもなあ…と思う人から最近離れてみたのですが、思いがけずそれもよかった。

「全部ゲームのせい」。ドイツのコメディ。なんか気楽で楽しく見れた。

12月31日（火）

いい天気。洗濯ものを干して、トイレ掃除。キュッキュッ。

畑に大根を採りにいって大根と牛すじのおでんを仕込む。それからごぼうの豚肉巻き。コトコト煮込む。


のんびりとした平和な大晦日《おおみそか》。


昨日の夜、寝ている時にうっすら考えていた。

そうか！

このまま嫌なことをしない日々を突き詰めていくと人としてどうなるか。

それを知ることがとっても大事な人生の課題だ。

これから考えることや日々の行動の中に、とてもやりがいのある挑戦というものが確かに存在する、と思い、やる気が出てきた。

小さな世界の中にも大きな宇宙のようなものがある。

それは極小から極大へ、瞬間から永遠へ。

めくるめくように場面が展開し続ける万華鏡のように、ジェットコースターで奇妙なアトラクションを次々とめぐるようなおもしろさを体感すると同時に底知れぬ静寂をも味わえるあるひとつの魅力的な境地。

「逆転のトライアングル」。けっこうおもしろかった。真ん中あたりで嫌な場面があったのでそのあたりでは薄目にして耳をふさいだ。

1月
ゆけ

2025年1月1日（水）

昨夜は9時ごろに眠くなったので早く寝たら早朝に目が覚めてしまった。

初日の出でも見るかな…と7時すぎに庭に出る。

草木が霜で真っ白。葉に触ると硬く凍ってる。

東の方の山が薄くオレンジ色になっている。

あそこあたりから昇るのかな。

2階のテラスに上って待つけどなかなか出てこない。山があるので太陽が見えるのは日の出の時間よりもずっとあとになる。

あきらめて家に入り、キッチンでいろいろやってたらまぶしい光が射してきた。

初日の出。

お正月気分はまったくないけど空気が澄んでる気がする。

静かだ。


おでんを温めてお皿によそって、食べようとしたその瞬間、サクからライン。

今日の10時発の飛行機で帰ってくる予定だけど。見ると、「ひとつあとの便に変更できない？」だって。

「見てみる」と返事して、すぐに調べる。できる。「11時と13時があって、13時の方が安いのでそっちの方がいいけど」と伝える。

結局、13時のに変更した。バタバタとあわてたけど、かえって1640円安くなった。

サクは毎年友だちと九十九里《くじゅうくり》に初日の出を見に行く。

今日もいい初日の出が見えただろう。

ということで私の方もゆっくりとする時間ができた。

天気は快晴。

ふう。

さわやかな元旦《がんたん》だ。

ヤッホー！

さて、時間になったので空港へと迎えに出発。

空港に着いたら、駐車場は満車で車の長い列が続いていた。

なので空港を通り越して先へ進む。少し離れた人気のない道で待機し、サクが着いてからピックアップしにいく。

空港前の道路も混んでいてちょっと焦ったけど、無事に拾えた。

家に向かう車の中で聞きたいこと、話したいことを一気に話す。ここでだいたい話したいことは話し終える。

空は青空。雲ひとつない。


おでんや数の子などを食べて映画を見る。「ダム・マネー　ウォール街を狙え！」。あまり興味がなくて途中でウトウト。

1月2日（木）

今日も快晴。

カーカから、「今日の飛行機のチケット情報もらったっけ？」とか「充電式アイロンドライヤーが持ち込めなくて帰りに受け取ることになったけど帰りの飛行機いつだっけ？」とか次々とラインがきて焦った。無事に搭乗できたみたいでホッとする。

サクはお昼になってもまだ寝ている。

起きてきたのでお餅《もち》を焼いてお雑煮を出す。このお餅、小ぶりの丸い手作りお餅が10個袋に入ってる。私が1個、サクが1個。あと8個。

去年の夏ごろ、災害時用に買った日本製のポータブル電源とソーラーパネル。箱のまま玄関に置きっぱなしだった。

それを開封してサクに試運転してもらう。太陽光でスマホに充電できてるのを目の前で見てちょっと感動した。使う機会がなければそれがいちばんいいんだけどね。

サクと、近くのバス停までカーカを迎えに行く。

帰りにしまむらに寄ってから、しげちゃんに挨拶《あいさつ》。甘いみかんを一個あげる。

それからお墓参りをしてから帰宅。

グレイヘアになった私の髪を見て「あ、白髪だ」とカーカ。「うん。実験してるの」。

サクがのどが痛いからと薬を買いに行った。風邪?

夜はいろいろなものをちょこちょこ食べて、みんなで韓国の怖い映画「コンジアム」を見る。なんか登場人物がごちゃごちゃしててよくわからなかった。怖い目の顔だけが印象的。

1月3日（金）

カーカとサクがいつものマンガ倉庫に出かけたので私は「ダム・マネー」をもう一度見直す。ついでにリサイクルショップに照明器具を売りに行ってもらったけど、あまりにも安かったのでいったん持って帰ってくるそう。

黒い芋虫みたいなサンダル、みんなで履いてみる。ふむふむ。軽いし、冬はあったかくていいいかも。

夜は、あの注文していたふぐ鍋《なべ》。小倉《こくら》から届いた。ふぐ刺しもおいしかった。前に見たことのある「ヴァスト・オブ・ナイト」を見ながら食べる。でもこれはじっくりセリフを聞いて入り込むべき映画なのでご飯にはふさわしくなかったなあ。

先月あまり調べずになんとなく注文したウニといくら。

ウニはチリ産、いくらはロシアの鮭ではなくて鱒《ます》のいくらだった。あんまりおいしくない。次はよく確認してから注文しよう。

1月4日（土）

連日の快晴。

お餅の袋を見ると、餅にカビがたくさん生えていた。わあ。しまった。カビがあまりにも表面をまんべんなく覆っていたのでゴミ箱に捨てる。

カーカがのどが痛いと言ってサクが買ってきた薬を飲んでいる。

お昼によく行くお店でチキン南蛮を食べて、家に戻って準備して出発。

今日、霧島のホテルに1泊して明日《あした》そのままふたりを空港へ送っていくという計画だ。

車で移動中、時々ふたりに恋愛や結婚についての考えを話すんだけど、私自身が結婚に向いてなかったのであまり偉そうなことは言えないよなあと思いながら、おそるおそるアドバイスをする。

午後3時にチェックイン。ここは部屋数の少ないホテル。このあいだ初めて見つけた。料理がおいしいところらしい（おいしかった）。インテリアも素敵。

1月5日（日）

朝食の時、今年の抱負を言おうとふたりに提案。

ええ〜っ、とふたり。

「ママは、家の中を合理的にする。右手をパッとあげたらそこにほしいものがある。左手をパッとあげたらそこにもある、見なくてもわかる、みたいにしたい。それから途中までになってる仕事をやることと、なかなか進まない作業をひとつだけでいいからやる」

サクは、「なんか資格をとろうかなあ…」と。

カーカは、「特に何もないんだよね…。部屋を今の状態に保つ。せっかく大掃除したから。健康でいること。去年はちょこちょこあったから（めまいとか耳鳴り）」。

11時にチェックアウト。いいところだった。また来たい。

接客も丁寧で緊張した。「一緒の写真をお撮りしましょうか？」とロビーや玄関前で撮ってくれた。

見ると、私の頭の白髪がよくわかる。…老けて見えるわ。

車の中で、「やっぱり白髪、染めようかな。まだしばらくは」と言ったら、ふたりとも「うん」って。

神話の里公園へ。カーカとサクはスーパースライダーに乗りに行ってた。私は車の中で待機。

写真を見せてもらったら上の方は見晴らしがよさそうだった。

なんだかのどが痛い。

ふたりを空港で降ろして、のんびり帰る。

途中にある前から気になっていた焼きいも屋、開いているかな…。

あ、旗が立ってる。やってるんだ。今までいつも閉まっていたので「おっ」と思い車を停める。

気さくなおばちゃんがひとり、オーブンで焼き芋を焼いていた。

「今できるからちょっと待ってて」と、できたてのを1個取り出してまず味見させてくれた。熱いのでフーフーしながら食べる。

小ぶりのを4個買った。

おばちゃんが、「今、取引先から電話があって、こっちは悪くないのに理不尽なことを…」となんか腹立つことがあったようで愚痴をこぼしてた。

あら…。なにか力づけたいと思ったけどいい言葉が思いつかず、「気を落とさずにがんばってくださいね〜」。


夕方、温泉へ。

サウナに水玉さんがいたので餅のことを話す。

「2日間でお餅にカビがびっしり生えてた。早いね」

「冷蔵庫に入れてた？」

「ううん。テーブルに置いといた」

「冷蔵庫に入れないと。部屋は湿気があるから」

「そうだね。ゴミ箱に捨てたんだけど…。カビだけをそぎ取って油で揚げて食べようかな。おいしいよね。お醬油《しょうゆ》をかけて…」


夜中、のどが痛く、鼻水も。苦しい。これはサクの風邪がうつったかも。

1月6日（月）

やはり風邪だ。熱はない。36・4度。あ、私にとっては少しある？

洗濯をして、利尻《りしり》ヘアカラートリートメントで5カ月ぶりに髪を染める。

むむ。食べ物の味がしない。匂いもしない。しばらく家でゆっくり休もう。

1月7日（火）

のどの痛みはおさまった。でもまだ調子が悪い。

雑炊を作って食べる。ちょっとだけ味がした。今日も休養。

「ヴァスト・オブ・ナイト」を見直す。この映画の雰囲気が好き。不思議なSF短編小説のよう。

お餅《もち》の袋をゴミ箱から拾い上げた。カビを丁寧に削り取って、四角く切って油で焼く。お醤油をかけて食べたら…、おいしかった。

ブルック・シールズが主役というので懐かしく思い、「花嫁のママ」を見る。しょうもなかった。

1月8日（水）

朝、畑に行ってみたら、たったひとつ大きく育っていたキャベツが鳥に食べられて見るも無残な姿になっていた。ブロッコリーも食べられてるけどこっちはもともと大きくなってないのでショックは少ない。

うーむ。残念。キャベツに覆いをかぶせる。

焼きそば用になにか野菜をさがす。小松菜、ルッコラ、ケール、のらぼう菜を少しずつ。それからカレー用に人参《にんじん》とかぶを1個ずつ。

今日は叡王《えいおう》戦本戦トーナメント。中継はなかったのでYouTubeの動画配信を時々チェック。
まだ咳《せき》も出るし風邪が治ってないので家でボーッとすごす。

夕食はタイカレーを作る。
夜になるにつれ、だんだん風邪が治ってきた。うれしい。
シャーリーズ・セロンの「モンスター」。気が沈んだ。

1月9日（木）

鼻詰まりと咳。
今日も休もう。
外はめちゃ寒い。
ここ数日は最高気温が5～9度と低く、雪マークも出ている。
今がいちばん寒い時期かも。
灰色の空。
うーん。こういう寒くて風邪の治りかけの日にはこたつで映画がいちばん。

「レプタイル―蜥蜴《とかげ》―」。

出だしからおもしろそう。ベニチオ・デル・トロ。こういう映画が今日にぴったり。

おもしろかった。これこれ。映画の世界に浸れたわ。

次は「パージ」。こちらは、うーん…。出だしはおもしろそうだったけど別に見なくてもよかった。

そして、「オッペンハイマー」。難しいと聞いたのでちょっとウィキペディアで予習したけどやっぱりあまりよくわからない。途中まで見て就寝。

1月10日(金)

朝起きて庭を見たら、なんだかヒョウ柄。

うん?

雪が降ったんだ!

石のすき間にうっすら白く雪が積もっててヒョウ柄に見えた。初雪だね。

まだ風邪の症状が残っているのでこたつで「オッペンハイマー」の続きを見る。

最後まで見たけど内容があまりよくわからなかった。

解説動画をいくつか見てみよう。

日本への原爆投下のところはさすがに胸が苦しかった。アメリカの人は喜んでいた。立場によって気持ちは変わる。どちらにしても戦争は嫌だ。
でもたぶん、100人とか200人ぐらいの集団の中で起こることは世界でも起こるし、それぐらいの集団の中でゼロにできないものはゼロにできない。争いや暴力、権力の誘惑、ヒエラルキーの発生も人の持つサガなのだろう。

買い物へ。
空気が刺すように冷たい。
日陰にはまだ雪が残っていて、そのせいかも。
遠くの山に雪が積もってる。
きれい。
しばらくは大丈夫と思える量の食料を調達する。

今朝がた、うつらうつらと思っていたことを思い出した。
時がたつとだんだんといろんなことがわかってくるよね。
そうか…、って。
自分が結婚に向いてなかったのはだからか…とか。

あるタイプの女性が苦手なのは突き詰めるとこういう理由があるからか…とか。

理性では（世間一般的に）遠ざけてはいけない、そうするとたぶん世間体が悪いと思っていた人がいて、でも相手に合わせてすこし無理をしているとうっすら感じていたので、最近、思い切って距離を置いたら（物理的な距離ではなく精神的に）、とてもすっきりして、理性ではなく感情に従った方がいい、と思った。

そうした方がいいんだ、と納得して、それでもまだ逡巡《しゅんじゅん》する思いがあって、その気持ちを持てあましていたり。はたまた、以前に感じたある人への許せない思い、あれはこういうことだったんだと改めてハッとわかったような気になって、急に怒りが消え失《う》せたり。いやあ〜。本当に何もかも、見方が変わると感情まで激変する。

そう思うと、いつも途中なんだよね。

途中の、半端な自分があくせくしてる。

だから、そう思って今後、感情的になっている時は、この観点を心の片隅に据えていなければだわ…と思った。

夕食の豚バラ白菜鍋《なべ》用に畑に白菜を採りに行く。今年初の白菜。巻いていない白菜の葉を5枚ほど切り取る。

レーナ・ゴメス）が好きだった。

「思いやりのススメ」。すごくよかった。涙もじわり。途中から出てきた女の子（セ

1月11日（土）

朝はとても寒い。

風邪はまだ治らない。夜中、たまに咳《せ》き込む。

今日も家でゆっくりしよう。

全体的にずーっと灰色。空とか。しーんとしてる。

庭に出て、ぶらぶらと薪《まき》の整理。こっちの木をあっちに運んで、新しいのは下に置いて、細い枝を箱に入れて…。

時間が止まっているよう。

だんだん風邪が治ってきたので、早めに、2時半ごろ、温泉へ。

サウナで知らないみなさんがいろいろ話している。私も時々参加した。ガソリンや燃料費、野菜なんかが高い高いと言っていた。

5時半ぐらいまでゆっくりと入っていた。

1月12日（日）

今日も空は灰色で寒い。

朝、庭を歩いていて薪の山が目に入ったので吸い込まれるように近づき、薪の棚に積む作業をする。だんだん汗をかいてきた。

黙々と夢中になってやってやっていたら、あ、時間。

今日から王将戦だった！

あわててネットをつなぐと、これから始まるところだった。そして、そうか有料なんだ。どうやるんだっけ、とバタバタと焦って調べる。

やっとできて、見始める。

バジルスパゲティを作って食べながら見る。


昼ごろ、また薪を積む。

ついにやり終えた。大きな切り株は物置小屋の屋根の下に積んでおく。ここで1年、乾燥させよう。

木のくずをほうきで掃いて集める。シュッシュッ。きれいになった。

こたつで将棋観戦。

夕方、封じ手前に急いで温泉へ。

夕食はビーフシチュー。好きなシェフのレシピで。

1月13日（月）

今日はいい天気。

将棋の続きを見る。

あいまに何度も庭に出て薪用の小枝を拾ったり落ち葉を掃いたりする。

今朝、またパソコンのWi-Fiがつながらなくなってドキッとした。2度目なのであわてず、パソコンが原因なのはわかっているので再起動を何度か繰り返す。う～ん。

電源コードを抜いてまた入れたらつながった。

だましだまし使うってこういうことか。

将棋の途中、温泉に行って、帰ってきたらいいところだったので真剣に見る。最終的に藤井王将の勝利。

おいしそうな豚肩ブロック肉の塩ゆでのレシピ動画を見たので作ってみた。でも豚肩ブロックがなかったので豚ロースブロックを買った。そこからしていけなかった。

材料は大事。

塩と塩麹《しおこうじ》をもみこんで一晩寝かせ、1時間ほどコトコトと茹《ゆ》でる。そのまま冷めるまで置いておく。

冷めたら取り出して切る。その時点で見た時、なんだか硬く見えた。動画ではホロホロとやわらかく、とてもおいしそうだったけど私のはすごく硬い。味も塩辛い。

うーん。失敗だ。肉の量に対して塩が多すぎた。薄くスライスして冷凍。何もない時に使おう。

前から思っていたけど、たくさん作った時に失敗する傾向が私にはある。

これからは少なめに。1〜2回で食べきれる量にしよう。


夜、9時すぎ、地震がきた。

ちょうどこたつに入って歯磨きをしている時だった。いつもなら地震が来たらそのゆれをじっくり体で感じようとするのだが、歯磨き中だったのでそれができず、まず洗面台に走ってしまった。残念。

震源地は去年の夏と同じ日向灘。とても長くゆれているように感じた。

1月14日（火）

風邪がだいぶ治ってきた。

天気もいい。寒いので1月は休養月間にするつもり。無理せずゆるゆるとなにかできることをやろう。


洗濯して、干して、霜の降りた庭を歩いている時に思い出した。

今朝がたの夢なのかどうか。距離が大事ってこと。そのものとの適切な距離、そしてそのものに対する力（エネルギー、感情）。

距離と力を考えてものとは対峙《たいじ》しよう。適切に行えばトラブルは避けられる。


温泉へ。水玉さんとサウナに入っていたらハタちゃんが来た。

わあ。親の介護や孫のインフルエンザなんかで忙しかったそう。笑いさんもやって来て、楽しかった。


今日は満月。冬はキッチンの窓から満月が見える。調理しながら見た。

1月15日（水）

うすら寒い。

このあいだカーカが履いていた靴がよくて、同じものをネットで探した。手を使わずにスッと履けるスリップインズというの。ところが、どんなに探しても同じものがない。違うデザインのはいくつもあったけど、あれがいい。

なかなかないんだなあ。

そういえばカーカも「ずっと探してたけどなくて、旅先の軽井沢《かるいざわ》で偶然見つけたので買った」と言っていたな。

手に入れにくい商品なんだ…。あきらめようか。

それでもヒマヒマに何度か探していたら、ついにこれかも！　というのを見つけた。似ている。たぶんこれだ。でもサイズの表記が違う。カーカの靴にはUS8と書いてあった。なのに日本のセンチの表記しかなくて不安を感じた。

うーん。どうしよう。サイズが重要だと聞いている。

その店では返品交換がスムーズにできると書いてあったので、思い切って24センチを注文。それがさっき届いた。ドキドキしながら箱を開けて、薄紙を開く。

あ！　見るからに小さい。

靴の中のサイズ表記を見るとUS7と書いてある。ああ〜、やっぱり。違ったか…。

速攻で交換手続きを行った。こうなるかもしれないと思ってできるだけ箱も靴も無駄に触らないように、そお〜っと開封したのでほぼ届いた状態で送り返せる。

すぐにコンビニに行って指示された通り、着払いで送り返す。

あ〜、ホッとした。

返すとわかっているものは1秒でも早く返したいという性格。


早めに温泉に行って温まる。

温泉後は家に帰ってからまったく寒くないのが不思議なほど。

「セットアップ：ウソつきは恋のはじまり」。ラブコメ。3分の2ぐらい見たけどあまりにもつまらなく、見るのをやめる。

1月16日（木）

ゴミ捨てに行く途中、空を小さな飛行機が音もなく飛んでいた。

歩きながらじっと見ていたけど、あまりにも近くて小さい。飛行機のはずはないな。ドローンだろうか。まさかね。一直線に飛んでいるし。

と思ったら、その飛行機の翼が動いた。

なんだ。鳥だった。トンビかなにか。


今日も冬ごもりモード。家でじっとしとく。

庭を歩いて、気になったところをちょこちょこ作業。

おやつに冷凍しておいたこのあいだの焼き芋を輪切りにしてこんがり焼く。


寒いので今日も早めに温泉へ。

ジーンとあったかい。

1月17日（金）

風邪も治りかけてだんだん元気が出てきた。やっと動く気がしてきた。

で、車で外に出かけて用事を済ます。

遠くの銀行へ行って年金の受け取り口座の証明印をもらう。最寄りの支店はずっと前に閉店してしまい、車で15分かかるところまでいかなくてはならない。

あー、遠い。今の私には。と、ぶつぶつ気分で出発。

銀行に入って、しばらく順番を待って、証明印を押してもらった。「年金のキャンペーン商品です」と、真っ白い今治《いまばり》タオルをいただく。

きゃ〜。一気に機嫌が直る。

ＪＡで受け取っている水玉さんとふくちゃんは毎年大きなはちみつをひと瓶もらうんだって。うらやましい…と思ったけどそれを受け取りに毎年集会に出なきゃいけないんだそう。それを聞いてうらやましさがパッと消えた。

銀行の次は、ヤマト運輸で荷物を出す。

朝から少し大きなものを荷造りしていたので疲れた。荷造り作業はホント大変。

用事が終了。

特に買い物するものもないので寄り道せずに帰宅する。

家に戻ったころには、なんだか陽が射して暖かくなっていた。

畑に行って晩ごはん用に白菜を２〜３枚採る。

鳥に食べられてつまようじのようになっているブロッコリーやキャベツが目に入った。今まではしょうがないと思って放っといたけどこれにカバーをしようかな…。

暖かいので急にむくむくと作業する気がでてきた。

よし。

イボダケや糸などをガレージからもってきて鳥よけを作る。白菜と小松菜にもやった。小松菜はこの冬ほとんど食べられなかったのでもしかしてこれで食べられるようになるかも。

里芋をひと株、掘りあげる。6個ついてた。おお。うれしい。

葉っぱ数枚とか、こうやって食べる分だけ少しずつ収穫していると、野菜作りというのはひとりだったら少量の苗を育てていれば充分だということがわかる。小さくて少量でも、天候による不作でも、どこか食べられるところはある。少量の場合、かえって大事に食べるのでよけいおいしく感じる。

野菜を作ることを始めて本当によかったと思う。

温泉へ。

今日はヒマな時に読む用の本を持参する。なかなか家でゆっくり本を読む気になれず、読んでいる途中の本が数冊たまっている。

そうだ、サウナでヒマな時なんかに読んだらいいかも、と思いついたのだ。

本を手にサウナに入ったら、3人いらして、うなぎのことを話してた。半分になってパック詰めにされているおいしいうなぎがどうとか。私も以前、たまに食べていたうなぎの真空パックのがあったなあと思い出し、思わず、「そのうなぎ、どこのですか？」と聞く。いつも取り寄せているらしいけど会社名は覚えてないそう。

急にあの真空パックのうなぎを思い出し、食べたくなる。あれはたしかデパ地下のスーパーにあって、小さな山椒《さんしょう》の小袋がついてて…。

みんなが出ていった。

本を読む。

かなりはかどった。水風呂《みずぶろ》に入ってから温泉へ。温泉の縁の内側の段に腰かけて読書の続き。

半身浴みたいになって汗がたくさん出る。

これはいい。

ふたたびサウナに入っていたら、笑いさんが来たので読書をやめる。

うなぎの話をする。うなぎは好き？　この近くでおいしいうなぎ屋さんは？　そういえば人吉市にあるうなぎ屋さんはおいしいよね、でもうなぎ屋さんって落ち着けないよね、待ってる人がいたりしてね、などなど。

ふくちゃんも来たので、今朝、怖い夢を見たという話をした。

「家の塀が壊されている夢で、すごく怖かった。目が覚めて本当に安心した」

「現実感のある夢ってありますよね」と笑いさん。

家に帰って、真空パックのうなぎを調べた。あまりにもいろいろあって決められなかった。いつかまた元気がある時に見よう。あるいは自分から求めず、自然な出会いを待つか…。

1月18日（土）

今朝も強く霜が降りている。庭一面が白っぽい。

薪《まき》ストーブに火をつける。近頃の日課だ。

細かく裂いた段ボール、小枝、中枝、大枝と火をうつしていくと着火剤を買わなくて済むことに気づいてからとても得した気分。


鳥との攻防。

畑だけでなく、庭で、最近、鳥が落ち葉を散らかして困る。虫を探しているのだろうか。見たところ、ヒヨドリだと思う。

木の下の落ち葉の山を突っついて、あたりにまき散らしている。きれいに掃除した歩道の上とかに。

近づいてもあまり逃げない。もっと近づくとピョンピョン移動する。うんと近づくとやっと低く飛んでいくけど、庭の中を移動するだけ。なので「なにくそ！」と怒ったふりをして走って行くと、やっとどこかに去っていく。

いつもまき散らされる場所があるので、そこを木や石で覆って道に落ちてこないようにした。

今のところその部分だけは防御できてる。


昼間、やけに暖かくなってきた。外仕事ができそう。チェーンソーを使う剪定《せんてい》をやろうかな。芽吹きの前にやっておきたい。

いつも庭を歩きながら眺めていてだいたい切る位置を決めていたので順番にテキパキとやる。びっくりグミ、桑、サルスベリ、トウカエデ、スモークツリー、西洋ニンジンボク。

その後、切った枝を小分けする。チョキチョキ、コツコツ。集中して4時間もやってしまった。

温泉へ。

ふう。今日は働いたので気分が違う。


里芋を蒸し器で蒸した。それと人参《にんじん》と赤大根とささみをおつまみにYouTubeを聞きながらのんびりとハンバーグを作る。

ヒヨドリ

1月19日（日）

とても暖かい。庭の鳥対策も今のところうまくいってる。

今日は将棋の朝日杯、本戦トーナメント。

1回戦は藤井七冠勝利で、お昼のあいだにしげちゃんちに顔を見に行く。庭を15分ほど散歩。

帰って、伸びていたモミジを剪定。

2回戦で藤井七冠敗退。相手は同世代の服部《はっとり》六段。「途中で固まってしまいました」という藤井七冠の感想が印象的だった。本当に30分ぐらい固まっていた。

見届けて温泉へ。


帰ってきて、寒くなかったので夕方の庭を散歩する。ああ。春が楽しみ。こういう感じだったよなあ。

夜、乾燥させたへちまの皮をむいて台所の窓辺に立てて置く。

1月20日（月）

いい天気。

朝早くゴミを出した帰りに、きのうのモミジの剪定枝を細かく切ってから庭を回る。トコトコ。

シラカシの葉っぱが伸びていることに気づいたので剪定ばさみで何本か枝を切る。

それをまた細かくしようとしたら葉っぱが凍っていて指が冷たく凍えてきた。

やめよう。もう少し陽が射してからにしよう。

台所の窓を見たら何か白い塔のようなものが神々しく立っていた。

なにあれ？

ああ、そうか、へちまか。びっくりした。

今日はこまごまとしたこと。そしてまた枝の小分け。

そうか、今まで木の下に置いていた細かい枝も集めて取っておけば焚《た》きつけにできるかも。そうしたら段ボールもいらない。

サイズの交換をお願いしていたあの靴が来た！

今度はぴったり。よかった。

鳥よけをしていなかったのらぼう菜が無残なことになっている。これにもやろう。
温泉に行く前にのらぼう菜に鳥よけの糸を張る。
温泉に行って、帰ってきてから庭を散歩。
日没が遅くなったのでこの夕方の散歩ができるようになった。ふわ〜っとした気持ち。
うーん。しあわせ…。

1月21日（火）

夜中に起きて。アメリカ大統領トランプさんの就任演説を静かに聞く。
「アメリカの黄金時代が今、始まる」という力強い言葉。
日本はこれからどうなるのだろう。黄金時代ではないことだけは確かな気がする…。
ゆっくり起床。
今日も暖かい。
　私はあまりにもひとりです

両手を広げてぐるぐる回っても誰にも触れません
私の詩の中でこれがいちばん好きという人がいた。なるほど。

いくつかの用事を済ませる。

出張所に行ってマイナンバーカードの更新手続き。

静かな出張所には職員の方がふたりいらして、すぐに申請用の写真を撮ってくれた(先日撮った写真は白髪だったのでやはり使うのはやめた。出張所で撮ってくれるので、お願いすることにしました)。それからスーパーに買い物へ。必要なものを数点買う。


あたたかい陽ざしの中、剪定枝の小分け作業の続き。

全部終わった。

物置小屋には焚き付け用の小枝がいつのまにかいっぱいたまった。これだけあったら当分大丈夫だろう。


温泉へ。

よく見かける小さくてかわいらしいあの90歳ぐらいのおばあさんがいた。

ねえさんと温泉につかりながら、そのかわいらしい小さいおばあさんを遠くから眺めてポツポツ話す。

ねえさんが、「私はいつまでここに来れるかしら…」とつぶやく。

「あの方みたいに90歳になっても来れたらいいですよね」

「ほんとに」

なんだかしみじみしてしまった。

温泉からあがって脱衣所へ。いつものようにササッと服を着る。

同じ台でそのかわいらしいおばあさんが座って肌着を着てらした。見ると肌着が背中の上の方でクルクル巻いてなかなか下に下がらない。両腕を回して一生懸命下げようとしている。でもできない。

「あっ…」と声をかけて肌着を下におろしてあげた。

「すみませんねえ。なにもできなくなって…」と恐縮されているので、「いえいえ。じゃあまた〜」と笑顔であいさつ。

家に帰った。まだ明るい。

日が長くなったので夕方の庭の散歩へ。ふわっと、いろいろ眺めながら庭を歩く。これこれ。

この感じが好き。本当に好き。

1月22日（水）

朝は霜で真っ白だったけど昼間は春のように暖かい。

畑に人参《にんじん》を1本採りに行く。

鳥よけの糸を張ってから野菜の中心部分が上の方にのびてきている。落ち葉や糞《ふん》もない。よかった。

気持ちがいいのでついでに土手と畑の境目にある彼岸花の球根を抜く。

丈夫でまるまるとした球根が何十、何百も。これが玉ねぎだったらなあ。

そこへ隣の施設で草刈りをしていたおじちゃんが「こんにちは～」と声をかけてきたので、「今日は暖かいですね～」と応《こた》える。

お昼は人参とジャガイモを入れてチキンスープ。

午後は庭の作業をあれこれ。

昨日、通りがかった小さなお菓子屋さんでケーキを買った。前に何度か買ったことのあるお店だったので予定外にふらりと入った。ショートケーキを買った。

それを夜食べたら、すごくおいしくなかった。どういうふうにおいしくなかったかと言うと、お皿にのせてひと晩冷蔵庫に入れていて他の食材の匂いがうつった、みたいな味だった。古いタンスのような味。スポンジもかたい。

ひと口食べて、うーん、と思った。もう食べたくないと思ったけどもったいないので無理して食べたが、無理しなきゃよかった。どこかにおいしい点はないかと努力しながら食べたけど無理だった。

その話をサウナで水玉さんにしたら、「その日作ったのじゃないかもしれないね。今はお客さんも少ないし…」と。

私もそう思った。「冷蔵庫にすぐ入れてくださいね」と2度も言われて、冬なのに？　となんとなく気になったのを思い出す。

1月23日（木）

今日もいい天気。今日は特に予定がない。

昼にまたカレーうどんを作ろう。

作りました。が、レシピをアレンジしたので前の方がおいしかった。

ポットで水出ししたお茶の茶殻があったので、ふと思いついて玄関の掃除をすることにした。茶殻を撒《ま》いてほうきで掃くとかいうよね…。

靴やマットを外に出して茶殻を撒いて掃き集めた。なんか手ごたえを感じなかったけどきれいになったのかな。細かい埃《ほこり》とかを集めてはくれたのだろう。

そのまま玄関の戸のレールの埃に目が行き、その外の溝にも目が行き、どんどん掃除する範囲が広がってしまった。レールを掃除してから溝の蓋《ふた》のグレーチングを外して中の枯れ葉などを取り除く。大ごとになってしまった。

畑に出て土手のチガヤ対策。

段ボールを使うエクアドル式を自己流にアレンジしたマイエクアドル方式で段ボールを枯れ葉の上にかぶせる。チガヤなどの草に光が当たらないようにしたい。

有線放送から火事のサイレン。原野火災だそう。

昨日もあった。ずいぶん雨が降っていないから空気が乾燥してるんだなあ。ロサンゼルスの火災もまた新しいのが発生したと言うし。

庭の壁に冬だけあらわれる木がある。

手前にブルーベリーの木があって、その葉が落ちる冬だけ、壁のつる性植物の全体が見える。そのつるが木の形なので今だけ見える木だ。

温泉で今日も読書を少々。数ページ、5分でも毎日続けて読むのがなんか楽しい。


夜はハンバーグ。

実は私は、聞いた話の影響を受けて「備蓄しなくては！」と急に焦っていろいろ買いこむところがある。年に1回ぐらい。

おとといも去年も缶詰やパスタなどを買った。引き出しに入れている。缶詰はそのままでいいと思うけど、パスタは買いすぎたと思い、最近子供たちに分けた。その引き出しを最近開けてみたら、高野《こうや》豆腐が入っていた。

うん？

賞味期限、2023年3月だって。何で買ったんだろう。高野豆腐なんて買ったことないのに…。豆腐の端っこが黄色くなってる。捨てようかと思ったけど試しにちょっと使ってみようと思い、細かくしてハンバーグに入れてみた。

おいしくできた。

1月24日（金）

曇り。空は灰色。

曇っているとたんにやる気がなくなるなあ…。

と思っていたらだんだん日が照ってきて暖かくなってきた。


買い物に行って帰ってきたところ、遠くから歩いてくる人が。黒い帽子に黒い服。あ！

ひげじいだ。いつもの赤い帽子じゃなかったのですぐにわからなかった。短パンも黒。

「ひさしぶりです～」と立ち話。

「寒いあいだは冬ごもりしていたけど暖かくなったらまた畑に出ますね」と伝える。

ひとしきり話して、

「じゃあ、また」

「またね～」

ほっこり。

ひげじいもうれしそうだった。

畑へ出て、土手ぎわに段ボールを敷いてチガヤ対策を続ける。

そこへバッハさんが通りかかった。鳥が葉っぱを食べるので鳥よけを作りましたと言ったら、「ヒヨドリよ。みんな困ってはるわ。花も食べるんだって」。

今年は去年よりも被害が多いみたい。

ぬか漬けについて。

杉板のぬか漬け容器を買って漬けていたけどついつい忘れてしまう。

やはり私はぬか漬けをそんなに好きじゃなく、食生活に取り込まれていないから忘れるんだなあ。冷蔵庫の野菜室の下のところに置いているので取り出す時も重いし。

その大きめの杉板の容器をやめて、いちど小さいジップロックの袋で簡単にやってみようか。それでよかったらそうしよう。

いろいろ作ってみて、ぬか漬けでひとつだけ好きなのがあった。それはよ〜く漬かったきゅうりのぬか漬け。それだけは好きだと思った。なのできゅうりだけでもいいかもなあ。

2つの袋にぬか床を分けて、ひとつにはきゅうり、ひとつには畑からにんじんと大根を抜いてきて入れる（もしかするとよく漬かったのなら好きかもと思い、実験）。

きのうの高野豆腐、ハンバーグだとよくわからなかったので煮物にしてみたらあまりおいしくなかった。なので食べるのはやめた。

1月25日（土）

今日、明日《あした》は王将戦第2局。京都の伏見《ふしみ》稲荷《いなり》大社《たいしゃ》にて。

すると、またパソコンのWi-Fiがつながらなくなってる。何度やっても。

ああ…。悲しい。やはり壊れているのかも。ハズレだったか。

直近、困ることはなにかと考えた。来月上旬の仕事の入稿と確定申告か…。

スマホはつながっているのでメールや動画は見ることができる。

修理するにしてもそのあいだが困るから、もう1台、安いパソコンを買っておこうかなあ。パソコンの不具合って気が沈む。


あ！

しばらくしてから電源を入れたらつながった。

とりあえずよかった。怖いので今日はずっとつけっぱなしにしておこう。

いい天気。暖かい。時々庭をまわる。

水仙のつぼみが開きかけていたのが先週。しゃがんで匂いを嗅《か》いだらいい匂いだった。今日見ると、2個目の花が開いていた。これもいい匂い。


将棋を見ながら小物作りをコツコツ。こぶたちゃんマグネットと押しピン。こういう作業は好き。


温泉へ。

サウナで水玉さんとふたりだったので「食べたくないもの」の話をした。

アンチョビの瓶詰を買ったのだが、それがあまり好きな味ではなく、どうしようかと迷ってる。私はアンチョビってたまにしか食べない。パスタに3カ月に1回ぐらい使う程度。なのにその瓶詰は550グラムも入っていて、何回か食べたけどまだいっぱい入ってる。それを今日もパスタに使ってみて、やはり好きじゃなかった。小骨も長いの。もう捨てようかとも思う。無理に食べなくていいよね、と。

「無理に食べなくていいよ」

「そういうのある？」

「うーん。…いつも買ってる近所のお豆腐。鍋《なべ》に入れて、冷ややっこにして、みそ汁に入れてもどうしても期限までに使い切れない時があるからそれは捨ててる」

「そうか。そうだよね。無理に食べなくていいよね」


で、夜。ついにその嫌いな味のアンチョビを捨てた。長年の気がかりが消えてすっきり。瓶はきれいに洗って取っておく。

1月26日（日）

将棋、二日目。

Wi-Fiがつながるだろうか。ドキドキしながらパソコンの電源を入れる。つながった！　よかった…。

人参《にんじん》を掘りに行く。引き抜くと、5センチぐらいだったり、10センチぐらいだったり。大きく育っているとうれしい。

野菜作りを始めて4年がたとうとしている。

3年間はとにかくいろいろ作ってみた。4年目は好きなものだけを作った。去年は高温と乾燥のせいか春から夏にかけてはあまり野菜ができなかった。

そういうふうでもなんとかやっていけた。

今は、頑張りすぎずに、できた分だけ食べられたらそれでいいやと思う。

野菜の出来は、おいしいのもあるけど、小さかったり形が悪かったりおいしくなかったり虫に食われてたり、さまざまだ。

それでも、すごくなくていい、すばらしくなくていい、と思う。

肩の力が抜けたのか？

別にすごくなくていいやと思った瞬間に、気が楽になった。

それとも気が楽になったからすごくなくていいと思えるようになったのかな。

わからないけどとにかく今はそういう感じ。


クマのぬいぐるみみたいなふわふわした服を着たままピンセットで苔《こけ》を取って集めていたら、いつのまにかアナベルのそばまで来ていて、腕に枯れた花や葉がたくさんくっついた。しまった！　この服で庭仕事をしたらいけないんだった。

すぐに家に戻って、毛の中に入り込んだ枯れ

葉や花をガムテープにくっつけて取る。細かいのがうまく取れなくて大変だった。

温泉にサッと行って、将棋の続き。藤井王将の勝ちだった。

1月27日（月）

朝からシトシト小雨。雨はひさしぶり。

用事を済ませに外へ。

用事が終わって、次に外に出た時に行こうと思っていた店があったけど、どこだったかな…。どこかに何かを見に行こうと思ってたんだよ。

あ！

思い出した。

毛布を見に行くんだった。今、うちには新しくて暖かい毛布がふたつ、ふつうのが3つ、あまり暖かくなってる古いのがひとつある。暖かいのが3つあった方がいいなと思い、もうひとつ買おうかなと思ったんだった。たしか安くなってるはず。

そこに行く前にワゴンの中にタオルが並んでいた。タオルはもう買わない…と思っていたのに、見るとガーゼのタオルだった。

ガーゼの服はもう買わないことにしたし、ガーゼのタオルももう買わないと思っていたけど、なんとなく近づいてみると、ガーゼを6枚重ねていると書いてある。

あら。6枚だって。

バスタオルとフェイスタオル。値段もセール価格で高くない。770円と330円。袋に入っていて、見える範囲の絵柄もかわいく感じた。動物と野菜。

うーん。まさか買うとは思わなかったけど、買ってしまった。

バスタオル3枚、フェイスタオル4枚。ちょうどサウナ用のタオルがボロボロになっていたので温泉用にしようと決めた。使うならいいよね。

それから毛布売り場に向かったら、いい絵柄の毛布はなかった。いいのは売れたみたい。次の冬にまた来よう。


家に帰ってさっそくタオルの袋を開けて広げてみたら…。

すごく変な、まったくかわいくない絵柄だった。もしたたんでなくて全体が見えていたら買わなかっただろう。特に野菜の方は。

ぷっ。まあいいか。さっそく今日から温泉で使おう。


最近、見たい映画がない。これは？　と思って見始めてもどうにもおもしろくなく、

5分ぐらいでみるのを止めてしまう。そんな映画が10本ほど続いて、今日やっと最後まで見た。

「ブリンク・トゥワイス」。ブラックコメディスリラーとジャンル分けされている。ほんと、怖いブラックコメディだった。「ゲット・アウト」の監督作品を思い出した。

4時からフジテレビの記者会見が始まったので今日は温泉に行くのはやめた。11時まで見ていたけど眠くなったので寝る。この話題、ドロドロしていてあまり深く知る気になれない。

私は本当に威張った人が嫌い。

組織や集団の権力構造の上にいて、その力を利用して立場の弱いものを苦しめたり嫌な思いをさせたりする人が大嫌い。そういう目には遭いたくないし、そういう場を見たくないので私は権力構造の発生するようなところには極力近づかないようにしてきた。大人数の集団だけでなく少人数でも、2〜3人でもそれは起こる。

そういうことがなぜ起こるのか考えてみた。

どういう人がそういうことをするのか。

権力を持っていて、性格的にそういうところがある人だ。

どちらか一方だけでは成り立たない。

権力はあるけどいい人っているし、権力はないけど変な人っているけどその場合はただの変な人、嫌な人と思われて個人的に責任を取らされて終わる。

権力があって嫌な人の場合に、そういうことが起こりえる。

ああ、嫌だ。

1月28日（火）

プラゴミを出す。細かく切ると2カ月に1回ですむとわかったけど毎回細かく切るのは大変なので、より面倒じゃない方法でやろう。たまに切って、たまにそのまま入れて、たまに燃えるゴミの方に捨てて、というふうに。

しばらく寒い日が続きそう。

ストーブを焚《た》いて、家でじっとしとく。

今週は仕事をしないと。

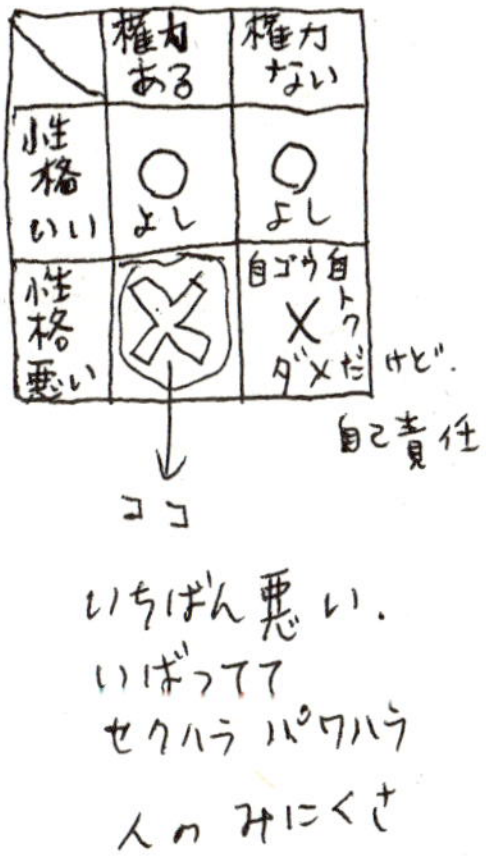

うなぎが届いた（やはり注文しました）。食べる気になった時、ゆっくり食べよう。ひつまぶしにしようかな。


午後、仕事をしていたらカーカからライン。

カ「岡田斗司夫が60代が一番楽しいって言ってた。ママはどう？」

マ「楽しいっていうか…。今は、『気楽で、嫌なことがない。嫌なことをしなくていい』って感じかな」

昔のようにドキドキや緊張感、好奇心はないけど、嫌なことをしなくていいってすごくいいよね。人によって、年代によって、「今がいちばん○○」の「○○」は変化する。

カ「友達がひとりもいないらしい」

私も同じ。

年取ると、もう人に気を遣いたくないって思うし、もう無理したくないなって思うし、誘いも気が進まなかったら断ったりするようになって、気ままに生きたいって思うようになるんだと思う。

年取ると気が楽になるよ。そうなろうと思えば。

温泉へ。

6重ガーゼタオルを持って行きました。

バスタオルとサウナ用にフェイスタオルを2枚。

そしてサウナに使ったら…、ああ〜、違う！

これじゃない。

6重のガーゼは分厚くて、水に浸《つ》けると重すぎる。絞るのも大変。

サウナのタオルは、吸水性がよくて、絞りやすくて、乾きやすいのがいちばん。

いつも使っていた粗品のタオルが最適だということがわかった。

バスタオルはいいとして、サウナには使わないようにしよう。キッチン用にしようか。吸水性はよさそう。


サウナに中学生ぐらいの女の子が入ってきた。

どっちにすわる？　と席を譲って、そのまま出る。髪を洗っていたらその子が隣に来てシャワーを出して、「冷たい」って。

「ああ。そこは調整がむずかしいの。熱かったり冷たかったり極端なんだよね」

しばらくしたらよくなったみたい。

「大丈夫？」

「はい」

髪を洗ってたら、

「もう終わりですか？」と聞いてきたので、ちょっと驚いて、「私？　ううん。まだ」と答える。

よく聞こえなかったけど、そう言ってなかったのかも。

なんて言ったのかな。


髪を洗い終えて、温泉に入る。

その子が入ってた。ぷかぷか浮かんでる。

本を取り出して、「お風呂《ふろ》で本を読むのが好きなの」と岩場で本を読み始めたら、なんか興味深そうにこっちを見てぷかぷかしていた。


食べたくないものは無理して食べない、で思い出した。

たらこをひと箱、ネットで買ったけど塩辛くておいしくなかったのをどうにか少しずつ食べてきて、最後あと5つぐらいが冷凍庫に入ってる。いつ買ったんだっけ。1年ぐらい前かな。食べる気がしないそれを、思い切って捨てた。

買う量は少なく!

忘れないように何度も(バカな)自分に言い聞かせよう。とことん。覚えるまで。

「パスワード:家(h0us3)」、おもしろく見た。最後まで画面に引きつけられた。

1月29日(水)

雨で寒いので今日も家で仕事だ。

昨日はあまり進まなかったから今日こそは。

鰹節《かつおぶし》削り器をいつか注文しようと思っていたけどかつお節を使う機会があまりない。なぜか。今、みそ汁の出しにはいりこを使っているからだ。かつお節を使うのはお浸しの上にふりかける時ぐらいかなあ。かつお節で出しを取るのがちょっと苦手なのは、取った後のかつお節の処理が面倒だからだ。そういえば煮物をこのごろ作ってないな。かつお節研究はまだこれから。

温泉へ。後半ひとりだったのでお湯につかりながら読書。

今読んでいる本、ちっともおもしろくない。90ページまで読んでもおもしろくならない。もうやめようかな。

後ろの方をパラパラ見てみた。

うん？　もう少ししたらヒロインがあらわれそう。そこまで見てみるか。ヒロインがあらわれたらさすがにおもしろくなるかも。

1月30日（木）

歯の定期クリーニングの日。

「きれいに磨かれてますね」と歯科衛生士さんからほめられた。

「はい。一生懸命がんばってます」

虫歯菌などの細菌も少なかったそうで、いつもなら別室で画像を見ながら説明されるんだけどそれもなし。うれしい。毎晩10分以上、丁寧に磨いている成果がでてる。

あ、それとも…砂糖を控え始めたからか…？　お菓子も前ほど食べてない（たまに食べる）。


ついでにスーパーで買い物。

そして車に乗って帰るとこ。

空が青くて広い。いいお天気。ふんふんふん。

そういえば昨日、炭酸水を作る器械の替えの炭酸が届いた。

常々、白ワインに炭酸を入れたらシャンパンみたいになるのかな…と疑問を抱いていたが、その実験をしてみようかな。

で、途中にあるお店で白ワインを買う。ついでにお菓子をいろいろ買ってしまった。

普段ほとんど買わないのにタガが外れたようで。


仕事してから温泉へ。

サウナにハタちゃんがいてうれしい。あさってからある二日市のことを熱心に語る。

初日は雨なので私はレインコートに長靴で完全防備するわ。

脱衣所で水玉さんが、「そのバスタオルと同じの持ってる人がいたよ」と。

「同じセールで買ったんだね。770円」


白ワインに炭酸を注入してみた。

うーん。泡立ったけど味は変わらない。これはあまり意味がないかも。

「アリス・スウィート・アリス」。見放題がもうすぐ終了と書いてあったので見てみたら、1976年の古い映画だった。スラッシャーホラー映画の名作といわれているそう。最初の方に出てくる主人公の妹役の女の子の顔が整っていてものすごくきれいだと思っていたら、12歳当時のブルック・シールズだとあとで知って再度見直す。

1月31日（金）

晴れ。

明日《あした》から二日市。今日は自転車に空気を入れて準備しておこう。

仕事をして、夕方温泉へ。またサウナにハタちゃんがいたけど入れ替わりに帰っていった。


夕方の庭を歩きながら、ひとつひとつの木をながめる。よしよし。スッキリ、さっぱり。

これからどんなふうに枝がのびていくかとても楽しみ。

今の私は食のこと、生活様式、人との距離感、どれもこれも実験中。じっくりと研究したい。そして野菜も活動の成果も、特にすばらしくなくていい。すごくなくていい。そのような心境で過ごしています。

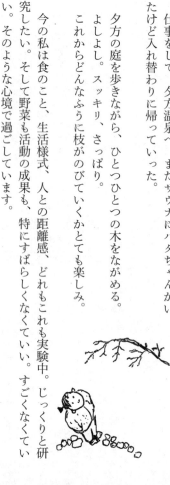

日々《ひび》、実験中《じつけんちゅう》。そして、「すごくなくていい」。

つれづれノート㊼

銀色夏生《ぎんいろなつを》

令和7年 4月25日　初版発行

発行者●山下直久

発行●株式会社KADOKAWA
〒102-8177　東京都千代田区富士見2-13-3
電話　0570-002-301(ナビダイヤル)

角川文庫 24612

印刷所●株式会社暁印刷
製本所●本間製本株式会社

表紙画●和田三造

●お問い合わせ
https://www.kadokawa.co.jp/（「お問い合わせ」へお進みください）
※内容によっては、お答えできない場合があります。
※サポートは日本国内のみとさせていただきます。
※Japanese text only

ISBN 978-4-04-115161-7　C0195

◇◇◇

角川文庫発刊に際して

角川源義

第二次世界大戦の敗北は、軍事力の敗北であった以上に、私たちの若い文化力の敗退であった。私たちの文化が戦争に対して如何に無力であり、単なるあだ花に過ぎなかったかを、私たちは身を以て体験し痛感した。西洋近代文化の摂取にとって、明治以後八十年の歳月は決して短かすぎたとは言えない。にもかかわらず、近代文化の伝統を確立し、自由な批判と柔軟な良識に富む文化層として自らを形成することに私たちは失敗して来た。そしてこれは、各層への文化の普及滲透を任務とする出版人の責任でもあった。

一九四五年以来、私たちは再び振出しに戻り、第一歩から踏み出すことを余儀なくされた。これは大きな不幸ではあるが、反面、これまでの混沌・未熟・歪曲の中にあった我が国の文化に秩序と確たる基礎を齎らすためには絶好の機会でもある。角川書店は、このような祖国の文化的危機にあたり、微力をも顧みず再建の礎石たるべき抱負と決意とをもって出発したが、ここに創立以来の念願を果すべく角川文庫を発刊する。これまで刊行されたあらゆる全集叢書文庫類の長所と短所とを検討し、古今東西の不朽の典籍を、良心的編集のもとに、廉価に、そして書架にふさわしい美本として、多くのひとびとに提供しようとする。しかし私たちは徒らに百科全書的な知識のジレッタントを作ることを目的とせず、あくまで祖国の文化に秩序と再建への道を示し、この文庫を角川書店の栄ある事業として、今後永久に継続発展せしめ、学芸と教養との殿堂として大成せんことを期したい。多くの読書子の愛情ある忠言と支持とによって、この希望と抱負とを完遂せしめられんことを願う。

一九四九年五月三日